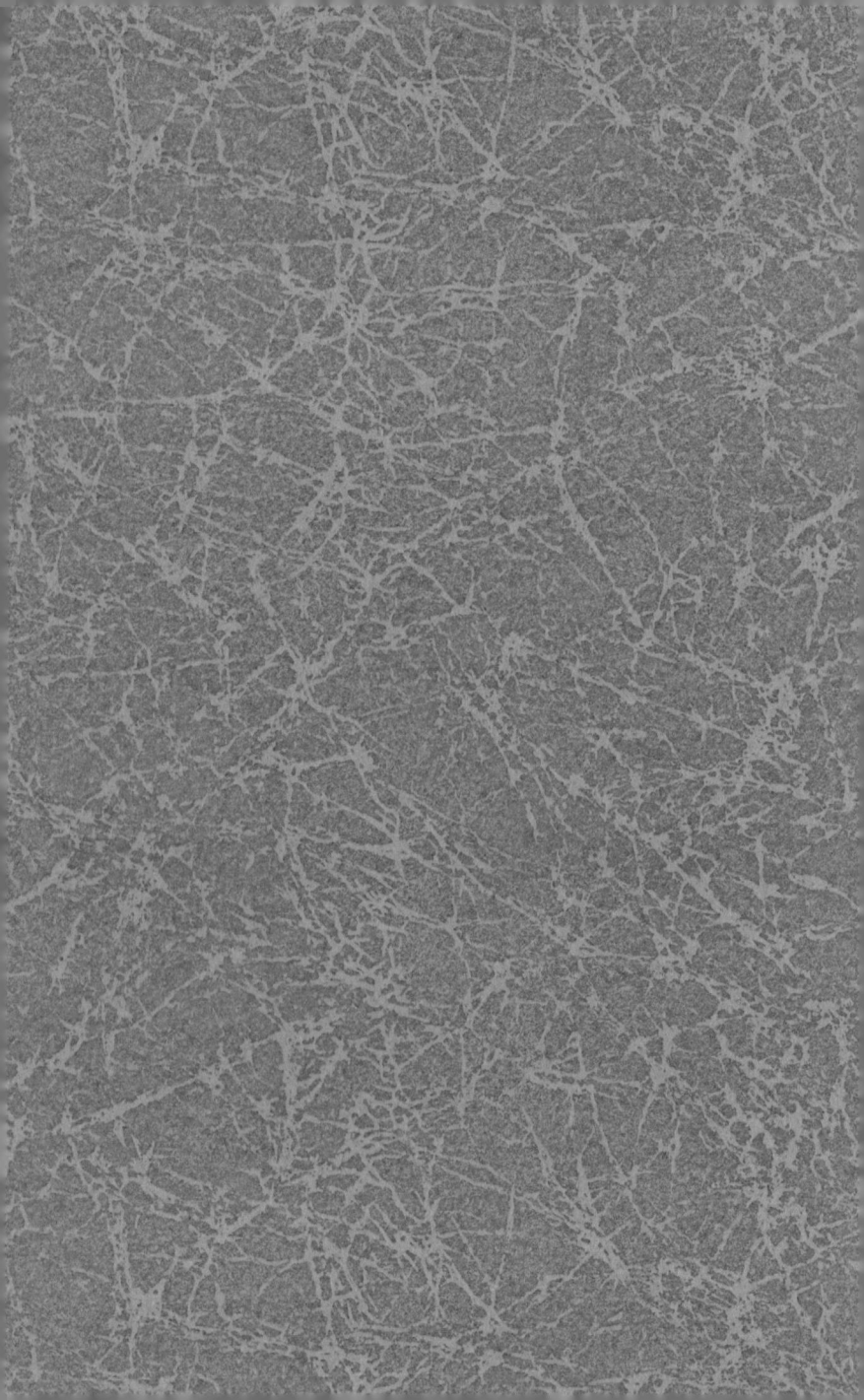

夕映え酒田湊

Koichi Ito

伊藤浩一

今日の話題社

夕映え酒田湊

カバー画：明治末頃、酒田湊に停泊する弁財船（千石船）
池田亀太郎画、酒田市写真提供

羽州商人

寛文十年（一六七〇）弥生《やよい》——。

江戸の町に風が鳴っていた。

春とはいえ肌寒い日々が続き、座敷に坐っていても、ひどく底冷えがした。

待つほどもなく初老の立派な武士が音もなく現れ、ふわりと坐った。

加賀屋与助《かがやよすけ》は、総じて侍に嫌悪感を抱いており、武士階級というものにほとんど関心を失っていたのだが、その武士は少し違って見えた。

一見鈍重そうな風貌をしているのだが、口を開き始めると奇妙に人なつこい表情になり、話しぶりもどちらかと言えば軽妙であった。

傲慢《ごうまん》さが微塵《みじん》もないのが良かったし、その話しぶりの断片から、充分な博識と世智に富んだ人柄を窺《うかが》うことが出来た。

商人にしてみたいお方だ——と、与助は不遜《ふそん》にも内心でそう思っていた。

与助の知らない新しい時代の武士像をそこに見る思いであった。

武士は、幕府勘定頭をつとめる杉浦内蔵允正照《くらのじょうまさてる》であった。

このお方は、新しい型の能吏なのであろうと、与助は理解することにした。

幕府勘定頭といえば、のちの三奉行の一つ勘定奉行に当たる。幕府成立当初は老中との職務の別が不明確であったため、寛永十九年財政、農政を専管する勘定頭が新たに置かれた。勘定奉行となるのは元禄に入ってからである。

いずれにせよ、幕府内では老中、若年寄に次ぐ高官であった。

ここは両国広小路にある馬亭《ばてい》という小料理屋の離れであった。出羽《でわ》酒田湊《さかたみなと》の商人である与助は、たまたま取引先との商談で江戸に滞在していたところ、荘内藩江戸屋敷の指示があり、この場所で杉浦正照と非公式に会うことになったのである。

羽織袴《はおりはかま》で威儀を正して駆けつけた与助に較べて、杉浦正照は継《つぎ》袴のややくだけた姿で与助の前に現れた。

ひとしきり雑談をしたあと、杉浦正照はふいに生まじめな表情をつくり、真直ぐ与助を見つめた。

「まあ、世間話はともかく、日々の商いで多忙なその方に来てもらったは、実はのう、内々でそちら有力な羽州商人に相図りたい儀があってのう」

ゆっくりそう言うと、杉浦正照はいったん言葉を切った。

「はい。遠い奥羽の一商人に過ぎませぬ私めでございますが、何なりとお申し付け下さるよう……」

与助は襟を正して平伏した。

すでに冷めてしまった簡単な料理が二人の前に出されていたが、杉浦正照も与助も手をつけようとしなかった。

杉浦正照は、言葉を継ごうともせずに、しばらくは障子戸に打ちつける風の音に耳を傾けるようにしていた。

「今日も風じゃのう」

「はい」

やがて杉浦正照がやや沈痛な面持で言った。

「それにしても、江戸はこのところひどい寒さでのう。夏が来るのも危ぶまれるほどじゃ。……田畑の作物が心配でのう。……勘定方には辛《つら》い年よ」

風に雨が混じり出したようであった。

やがて大粒の雨が強風とともに窓を打った。

「その方の出羽の国はどうか」

「は、何でございましょうか」

「出羽もやはり寒い春かのう」

「はい。天候不順は私どもの国も同じにございます。江戸に至るまでの陸奥《むつ》、下野《しもつけ》、武蔵《むさし》なども、百姓どもがいたく心配しているようでございました。……ですが、この江戸はさすがご公儀のお膝元。天候などとは無関係に大層な活気に充《み》ちているのに目をみはらせられましてございます」

与助の言葉に、杉浦正照は沈痛の色をより濃くした。

「いやいや、そうではない。……確かに江戸はいま急速に膨れ上がってはいる。明暦の大火後ますますご府内は拡大された。そして幕府が強固になって諸制度が整うにつれ、江戸がこの国の中心となって繁栄を始め、多くの人々がここに集《つど》うようになった。それはその通りなのじゃ」

「はい」

杉浦はそこで一度口を噤《つぐ》み、さらに厳しい表情になって続けた。

「幕府のなかにはもう幕府体制が揺るぎないものと過信し、奢侈《しゃし》に走る者さえおる。……だが、そうではない。まずふえ続ける人口に対して食糧が間に合わぬ。いま江戸に集う人々が衣食住に事欠くようでは、直ちに世相不安となる。……由比正雪《ゆいしょうせつ》の慶安事件からもまだ二十年しか経《た》っていないのだ。……それ以後も江戸市中には大火が相次ぎ盗賊が跋扈《ばっこ》している。幕府は止《や》むなく五年前に火付盗賊改《あらため》を新しく設けたほどなのじゃ。一つ間違えば、江戸の治政はもろくも崩れさる危険を孕《はら》んでいると言ってよい」

「商人の私どもには理解を超えることでございます。治政のご苦労をお察し申し上げます」

そこで杉浦は与助の方へにじり寄った。

「そこでのう。そちに話というのはほかでもない。……奥羽の米が欲しいのじゃ。……国の海運を根本《ねもと》から改め、奥羽から船で、この江戸に大量の米を運びたい。それも、これまでのように、莫大な費用をかけずに、しかも短い月日でじゃ」

「奥羽の米でございますか？」

与助は反問した。だが、胸の内ではしきりに杉浦正照の真意を推し測っていた。

「そう、米じゃ。……加賀屋、羽州商人の代表たるそちの考えがぜひ聞きたい」

「恐れながら、私ども羽州商人も、いま、奥羽の米を手広く扱っております。ご公儀の御料米はじめ奥羽諸藩の産米を敦賀《つるが》、大坂《おおさか》まで運び、商いをしてございます」

「それは知っておる。この江戸にもそれなりに米が入っていないわけではない。大坂からは菱垣廻船《ひがきかいせん》でさまざまな物資が運ばれるようになったし、近年は速度の速い樽《たる》廻船も盛んにおこなわれていると聞く。……だがのう、加賀屋。そのような局部的な海運では、もう致し方ないのではないか。これからの時代はもうそれでは追いつかないのじゃよ——」

「ほう、それは。……私めも、実はそう考えておりましたが……」

与助は、杉浦の光を宿した眦《まなじり》をみつめた。

やはり、このお方は尋常の武士ではないと思った。

加賀屋与助も国では数艘《そう》の大船を持ち、広く交易を行っていたけれども、この国の海運は古《いにしえ》の海運そのままで、百年前の海運とほとんど差異がないものと思っていた。航海はすべて風まかせ、潮流まかせで、交易には常に危険を伴った。

例えば奥羽の陸中、陸前から江戸に物資を運ぶ海路は仙台などから太平洋を南下して荒《あら》浜《はま》に至り、ここから一転して伊豆《いず》に近づき、その端を回転してようやく下総《しもうさ》の銚子《ちょうし》港に漕ぎつけ、それより積み荷を河舟に移して利根《とね》川を溯り、さらに一転して行徳《ぎょうとく》に至り、ここから初めて江戸に達するという航路をとっていた。

日本海側とても同じようなものであった。出羽、越後《えちご》の産米は海路、越前《えちぜん》の敦賀に到着したあと、陸路七十里の山中を馬の背に積み替え、琵琶《びわ》湖の北端、塩津《しおつ》、海津《かいづ》に出て、また湖上を船に積み替えて大津《おおつ》に着き、さらに伊勢《いせ》の桑名《くわな》へ陸送して、ここから再び船に積み替えて江戸に至るという複雑を極めた海路であった。これでも海路は殊のほか危険で、航海の途中海難に遭い、積み荷を瞬時に失う商人も多かった。

物資輸送にかかる歳月も、ややもすると一年近くを要し、莫大な費用がかかった。しかも危険をおして奥羽から江戸に送った産米は、もう新米としての風味を失い、商品価値が格段に下がる結果となった。

与助自身も、敦賀への航路のほかに津軽《つがる》に北上して太平洋を迂回《うかい》する航路なども幾度も試みたことがあるが、出羽からの大量輸送は絶望に近かった。

だから、公儀勘定頭の職にある杉浦正照の言葉に、加賀屋与助はほとんど狂喜する思いであった。

「時代は変わっておる。江戸が急速に膨れ上がる今、米輸送の抜本的な手立てを打ち建てておかなければ、江戸の未来はない。いや、日本の未来はないといってもよい」

「はい。その通りにございまする」

与助は感動していた。

公儀要人の中にこれほどの発想を持つ武士がいるとは思いもしなかった。公儀が本気ならば、わが国の海運を変えることが、あるいは出来るかもしれない——と、与助は思い、胸が高鳴った。

「仰《おお》せの通り、海運は国の基《もとい》にございます。海運の道をつけることが、国を安んじ、富ませることになりましょう。……いま、お隣の唐《から》の国では、新しく清《しん》という国が興ったそうにございますが、わが国がそれらの国々に伍《ご》していくには、まず国が富み栄えなければなりませぬ。商人の身で僭越《せんえつ》ではございますが、諸方との交易をしながら、そんな風に考えてございます」

「ほう、さすがは羽州酒田湊の商人よのう。大きいのう、そなた」

「恐れ入りまする」

気持ちの高揚するままに、つい饒舌《じょうぜつ》になった自分を恥じるように、与助は平伏した。

その頃、幕府の鎖国令は行き渡り、二十八年前の寛永十八年にオランダ商船を平戸から長崎出島に移してからは、交易のほとんどが、朝鮮、琉球《りゅうきゅう》、唐《から》に限られるようになっていた。その事についても加賀屋与助は、船建造や海運技術に幼稚な日本にとっては国策に沿うものと考えていた。

いま、国が交易を全面的に開放すれば諸外国の勢力によって国内の商業が壊滅しかねないのであった。しかしいつまでもわが国が国を閉ざし続けるわけにも行かないとすれば、今早急に海運を興し、国内の交易の力を養わねばならないと、焦りに似た気持ちで考えていた。

そんな新しい時代を切り開くのは台頭し始めた自分たち商人であり、新しい時代に武士は不必要だと思っていた。幕府開設以来七十年近く経た今、世が必要とするのは刀を振り回す武士でもなければ、消費するだけの公卿貴族でもなかった。まずは海運と為替制度の確立こそが急務だと、しきりに考えて続けてきた加賀屋与助であった。

「全国に海運の道を開く手始めとして、とりあえず出羽最上《もがみ》郡、田川郡の料米を手際よく出羽酒田湊より回漕《かいそう》したい。それが成功した暁には、みちのく全体、ひいては蝦夷《えぞ》からの大輸送とて可能になろう」

杉浦正照が言葉を続けた。

「それは面白うございます」

「一両年のうちに、是非それを実現したい。加賀屋、方策はないか」

与助は思わず杉浦正照の方ににじり寄った。

「はい、ござりまする。酒田湊より一気に日本海を南下し、瀬戸内を経て大坂、江戸に至るのがよろしかろうと存じます。西海を遠く迂回する西回り大回漕にござります」

与助はきっぱりとした口調で言った。だが杉浦正照は不安げな表情をかくそうとせず、与助をみつめていた。

「しかし西回り大回漕は、その方ら商人が今まで幾度となく試みて、そのつど失敗しておると聞いている。西海は殊のほか海難の多い海というが……」

与助はやや時をおいて、自信に満ちた眼差しを杉浦正照に向けた。

「はい。しかし不可能なことはございますまい。きっと出来まする。……ただしそれにはご公儀と商人、舟人、百姓が一つになって取り組む必要がございましょう。これまでのように互いが己の利を得ることのみ考えるのであれば、むずかしうございます。殊にご公儀のお覚悟が肝要と思われまする」

「そうか。……相分かった。幕府もここらで腹をくくらねばなるまいな」

杉浦正照は目をつむり考え込むようにした。

やや長い間、杉浦正照と与助は無言のまま向き合っていた。

風雨の音だけが殊更高く聞こえた。

杉浦はやがて姿勢を正して、目を開き、鋭い視線で与助を見た。

「幕府としては、羽州酒田湊からの米回漕を進め、奥羽一帯の海運を開くため、近々江戸の商人、瑞賢河村十右衛門《ずいけんかわむらじゆうえもん》に申し付けることになろう。加賀屋、瑞賢とともに新しい時代を拓《ひら》いて欲しい。頼む」

杉浦正照は、またふわりと立ち上がると、いったん奥に入りかけてふと立ち止まった。与助を振り向いた時には雑談を交わした折の、あの人なつこい表情に変わっていた。

「加賀屋。……その方と瑞賢は面白い組合わせじゃ……。これはまことに見ものじゃのう……。加賀屋、そなたの思い通りにやって良いのだぞ。そちの思い通りにのう」

奥に消えた杉浦正照の後姿に、与助は深々と平伏した。

小料理屋馬亭を出て、加賀屋与助は浅草駒形に向かった。与助は駒形の知人宅に逗留《とうりゅう》していたのであった。

雨は小止みになっていたが、風が吹きつけるたびに、まだ土埃《つちぼこり》が舞い上がった。与助は、ふと誰かに跟《つ》けられているように感じたが、構わず道を急いだ。

加賀屋与助が上方《かみかた》から讃岐《さぬき》、伊予《いよ》、長門《ながと》、石見《いわみ》を経て古里の出羽酒田湊に戻ったのはもう夏の盛りであった。だが気候は相変わらずの不順で、肌寒い日が多かった。

帰郷後の与助は留守中に仕残した雑事に追われ、終日帳場に坐り続ける日々が続いていた。

この日も、与助は朝から帳場で上方方面からの仕入れに関する書き付けを整理していた。

加賀屋は酒田湊きっての豪商であり屋敷も広かった。

格子戸から細い土間が長く続き、その左手が店になっていた。土間の端には水瓶《みずがめ》が二つ置かれ、その一つには強い地酒が満たされていた。米、海産物を主に商う問屋ではあるが、近江《おうみ》、加賀などから訪れる商人たちの旅宿も兼ねており、この地酒は遠い所から訪れる人々を接待するためのものであった。

小女《こおんな》が一人奥の暖簾《のれん》から出て、帳面付けする与助のかたわらに白湯《さゆ》を置き、去った。それと入れ代わりに、与助の妻、絹《きぬ》が現れ、静かに夫の側に坐った。

「また今日も寒い日になりました。昨夜は遅く雹《ひょう》まで降りましたが、旦那《だんな》さまは気がつかれましたか」

「ああ、激しい雷と雹で夜半に目覚めたようだ」

与助も絹も沈痛な表情であった。

「百姓たちは植えたばかりの稲の成育をひどく心配しております。……ほんに困った年でございます。……ところで旦那さま、江戸にお出かけの間に、何度か、鐙屋《あぶみや》さまがお見えになりました。何か緊急に相談したいことがおありとか申しまして……」

絹の言葉に、与助は仕事の手を止めた。

「鐙屋さんが、私に相談ごとを。……そうか、また町奉行が、何か難題を持ち込んできたのかもしれませんね。……困ったことです。……お前も知っての通り、私ども町方も荘内藩には何かと協力を惜しまずにやって来たつもりですが、こう追い討ちをかられるようではねえ……町衆が息苦しくなってきます」

与助は半ば苦笑を浮かべながら、言った。

「でも、……旦那さま。藩にはあまり逆らわないで下さいまし。泣く子と地頭ではないけれど、しょせんはお侍には太刀《たち》打ち出来ません。商人は商人の分を守ればよろしいのではございませんか」

「そう、確かに、商人は商人の分を守ればそれで良い」

与助の眼に光が宿ったようであった。

「それはその通りです。……だが、これからの世の中、お侍が今まで通りに、ただ威張ってだけおられるかどうか」

「はい」

夫の武士嫌いを知る絹は、ふと不安気な眼差しを向けた。

「武士の役目はもう終わったのではないかねえ」

与助はそっと口の中でつぶやいた。そうつぶやきながら、彼は江戸で会った杉浦正照の顔を思い出していた。あの勘定頭の武士はすでに武士というよりも能吏と言って良かった。武士の持つ偏狭さが微塵もなく、むしろ商人に近い人柄に思えた。

「わたくしにはむずかしい事は分かりませんが、とにかく町奉行さまと争うことだけは止めて下さいまし」

「分かっている。分かっているから安心しなさい」

「はい、旦那さま」

絹はなお夫の表情を窺うようにしながら立ち上がり、奥に去った。

与助は仕事を中断したまま、物思いに耽《ふけ》っていた。ふつふつと胸に燃えたぎるものがあった。すでに新しい時代が始まっている。その新しい時代は自分たち商人の時代ではなくてはならない。確信に似た思いが、与助の心を高ぶらせていた。

出羽酒田湊は、吾妻《あづま》連峰を発し羽前を縦断する最上川の河口に早くから開けた湊町である。律令体制の成熟期、すでに「酒田津」として舟の出入りが繁かったらしく、下って奥州藤原氏の黄金時代には、平泉と京を結ぶ重要な海路の玄関口に当たっていた。

この江戸初期にも、奥羽の物産を商う交易の湊として、日本海岸有数の湊となっていた。酒田湊には酒田町組、米屋町組、内町組という三つの町組織があり、この頃、最上川沿いにほぼ二千二百の家屋が軒を連ねていた。とくに湊にほど近い本町には幾艘もの大船を持って手広く商いをする豪商たちが広大な屋敷を構えていた。

酒田湊を代表するのが酒田町組の、いわゆる「酒田三十六人衆」と言われる長人《おとな》たちであり、その中から三人の町年寄りが選ばれて町政のいっさいを預かっていた。当時の町年寄りは加賀屋与助を筆頭に、鐙屋惣左衛門《そうざえもん》、上林七郎左衛門《かんばやししちろうざえもん》が勤めていた。いずれも本町三ノ丁に三千坪から五千坪の広大な屋敷を持つ豪商たちである。

ちなみに、酒田三十六人衆というのは、奥州藤原家が滅亡した折、藤原秀衡《ひでひら》の妹とも未亡人ともいわれる徳尼公《とくに》が三十六人の家来を従えてこの地に落ちのび、砂浜をきり拓いて町を興したとされる人々の子孫との伝説があるが、詳《つまび》らかではない。

いずれにせよ、この町組は租税徴収から治安まで一切の町政を担っていた。完全な町人自治である。

だが、徳川幕府が確立し、諸国の制度が領主のもとに集約されるようになると、藩と町組との対立が顕在化するのは当然の成り行きであった。荘内藩と酒田町組との対立も同じようにして推移しつつあった。

そのとき格子戸の開《あ》く音がした。

「また、来ましたよ」

と洒脱な声を掛けて訪れてきたのは町年寄の長老である鐙屋惣左衛門であった。とうに六十歳は越したと思われる恰幅《かっぷく》のよい男であった。

「旦那さま、鐙屋さまがまたお見えになりましたよ。……さあ、鐙屋さま、こちらへお通り下さいまし」

奥から絹がすぐに現れ、鐙屋惣左衛門に声を掛けていた。

「いやいや、こちらで結構。……ちょいとご主人と話をするだけですから。……加賀屋さん、こちらですかな」

そう言って、惣左衛門は大儀そうにしながら帳場の上がり框《がまち》に腰を下ろした。

与助が衝立の陰から姿を見せ、惣左衛門に向かい合った。

「ああ、鐙屋さん」

「加賀屋さん、ひどい気候じゃありませんか。この低温では稲の成育が心配ですなあ」

「ええ、困ったことですねえ」

「米の不作は私ども酒田湊の商人にとっては命とりですからなあ」

荘内藩の城下町である鶴岡を中心にした田川郡と、酒田湊中心の飽海《あくみ》郡は水稲単作地帯であった。俗に荘内百万石といわれ、稲作が順調であれば豊かな土地柄であったが、ひとたび凶作ともなれば、地域全体が干上がった。商人も職人もおしなべて困窮し、娘を身売りする農家が続出した。

短い沈黙のあと、惣左衛門がそんな心労を振り切るようにして顔を上げた。

「加賀屋さん、こんどは大分長い旅でしたなあ。江戸はいかがでしたか」

その言葉にはいつもの通り若い町組指導者への労《いたわ》りの気持ちがにじみ出ていた。

加賀屋与助は三十五歳になったばかりの若さであった。大商人の多い酒田町組では異例の筆頭町年寄りでもあった。自分の商売のほかに藩や他地区の商人たちとの折衝に矢面に立たなければならない立場だけに、町年寄りの代表者は気苦労も多かった。惣左衛門はそのことを良く知っていた。そして才知に長けた与助を評価し、息子を慈しむような大きな気持ちで与助の言動を陰ながら支えていた。

「はい、ご府内のあちこちのお得意先を回りましてつい手間取ってしまったこともあるのですが、帰路に西国の湊を見て参りましたので、遅くなりました。留守の間、鐙屋さんはじめ、長人の皆様には本当にご迷惑をおかけしました」

「なんのなんの。商人にとっては商売が何よりの大事。私どもも商売あっての町年寄りですからなあ」

「はあ、ありがとう存じます」

「それに西国の湊を見てこられたのは、ようございましたの。商売先の実情を知らないではこれからの商売にさしつかえますからなあ。商人は見聞を広めなければなりません」

「はい」

惣左衛門はそこで一旦口を噤み、ふと不安気な表情を見せた。

「実は加賀屋さん。またちょっと困ったことがありましての。……加賀屋さんが留守の間に町奉行さまから急の通達がありました。……また例の嫌がらせみたいなものですがの。町年寄りの職分となっている御城米の御用、公儀役人やお大名通過の折の町方取締り、町火消しその他の町警備について、今後は大庄屋の指揮に従うようにとのことでございます。長く町組三十六人衆が仕切って来たものを、急なお達しで大庄屋の下に組み入れるとのことです。……これは町組にとって一大事ですからなあ……。とにかく、加賀屋さんが留守であることを良い事に、後日長人が合議いたしましてご返事申し上げるとだけ言ってあります。……ほんに、やりにくい世の中になってきましたわい」

惣左衛門は大仰に嘆いて見せた。

「ついに来ましたか」

苦笑を浮かべながら、与助は言った。

「あい、ついに来ましたわい。もともと長人や町年寄りはご藩主酒井侯ご入部の元和以前よりあったもの。近年に至って藩が町組とは別のお役目を次々に設けたものの、それとて大庄屋などはもと小肝煎《こぎもいり》や小遣いと称して、ことの軽重にかかわらず町年寄りの指示を受けたものですわい。その長い間の仕きたりを覆して私どもを大庄屋の下に入れという。これは、いよいよ町衆に対する挑戦ですなあ」

惣左衛門も言葉とは裏腹に、苦笑を顔一杯に浮かべながら言い捨てた。

「町衆を弾圧して何になると思っているのでしょうかねえ。荘内藩は時代が良く分かっていないのでしょう。藩が町衆の助力なしにはやって行けない時が目の先に来ているのに。

……武士は、侍というのは、矜持《きょうじ》だけに縛られ、未来をみつめようともしない。仕様のない人々です」

与助はきっぱりと言った。

荘内藩が古くから町役人である町年寄り、長人の権限を弱めるために酒田町組に大庄屋制度を設置したのは明暦から寛文にかけてであった。大庄屋を育成し、その下に肝煎を置いて、傍系の町役ともいうべき町年寄り、長人を機会あるごとに抑えようとしたのである。堺、桑名などの自由都市ではこうした藩権力によって町人勢力が次第に殺《そ》がれて行ったのに対して、酒田湊は豪商たちの財力が最後までその抵抗を支えることになった。また一方で徳川親藩とは言え、地方小藩に過ぎなかった荘内藩の財政窮乏が町民自治を助けたとも言える。

いずれにせよ、酒田湊の商人たちは、藩に屈する気持ちなど微塵もなく、何やかやと口実を設けては藩が酒田町奉行を通じて矢継ぎ早に出す通達を躱《かわ》していた。

鐙屋惣左衛門も加賀屋与助も、そうした藩の思惑を知悉《ちしつ》していた。だから、ほぼ最後通《つう》牒《ちょう》とも言える通達にも、余り困惑を感じていなかった。

「しかし町奉行さまの通達をまるきり無視するわけにも行かないですなあ。加賀屋さん、今度もうまく通達をはねのけるうまい案はありませんかなあ」

惣左衛門はまだ唇のあたりに苦笑を浮かべながら、やがてぽつりと言った。

「ほっとけばいいでしょう」

与助の返答はひどくそっけないものであった。さすがに惣左衛門は多少驚いた風であった。

「ほっときますか」

「ええ、それでいいでしょう。……そのうち、すぐに新しい時代が来ますよ。武士たちが貧しくなるにつれて、私ども商人が肥え太って行く時代がすぐ目の前ですよ。……その時は、古い通達など忘れたような顔をして、藩が頭を下げて私たち商人の力を頼って来ます」

与助の言葉は確信に充ちていた。

「ほう」

それだけ言って、惣左衛門は与助の顔に見惚《ほ》れていた。

その時、奥から絹が出て来て、客人と与助に茶を出した。

「鐙屋さま、粗茶でございます」

「これは申しわけありません。……何度もお伺いいたし、恐縮ですなあ」

惣左衛門は与助の言葉に感じた軽い衝撃を老人らしくすぐに取り繕い、しきりに恐縮してみせた。

「鐙屋さまには主人が殊のほかお世話さまになっております」

「いやいや、私などはこのように老いぼれになってきましたんで、加賀屋さんの足手纏《まと》いになっております。何とか加賀屋さんに迷惑が掛からないようにとだけ、思っておりますよ」

「何と申しましても鐙屋さまは町組のご長老でございます。今後ともよろしうお願いいたします」

絹の慇懃《いんぎん》な言葉に、惣左衛門は幾度も低頭したあと、一口茶を啜《すす》った。

「ああ、これは良い茶ですなあ。私どもの家などでも、近ごろは茶を喫することが多くなりました。これも時代ですの。……作法の何のといわれますと、私どもはとんと不調法ですが、こうして気軽に茶を楽しむのはいいものです。……これは駿河《するが》の茶ですかな。それとも紀州の茶ですかな」

「はい。主人《うち》が伊予から持ち帰ったものでございます。鐙屋さまのお口に合いますか、どうか」

「ああ、いい茶です。この味わいはまさに生き返るような心地ですなあ」

惣左衛門は如才なく言って、もう一口、茶を啜った。

「では、ごゆっくりどうぞ」

絹が惣左衛門に丁寧な辞儀をして、奥へ去った。

惣左衛門は茶椀を下に置くと、待ち兼ねたように、光る瞳《め》を与助に向けた。

「ところで、加賀屋さん。……先程の話に戻りますがの。江戸で何ぞありましたな。なにかえらい事が起きたのではありませんか」

惣左衛門の性急な言葉に、与助は苦笑した。

「いやいや、えらい事が起きたというものではありませんがね」

「はい？」

惣左衛門は老人らしくもない機敏さで、与助ににじり寄った。

「このたびの江戸滞在中に、荘内藩の指示がありましてね。ご公儀で勘定頭を勤める杉浦正照さまと申されるお方にお会いしました」

「ほう、ご公儀の勘定頭ですか。……それはまた大変なことでしたなあ。勘定頭といえば幕府の財政を一手に担う勘定所の長《おさ》ですからの」

若い与助よりも、惣左衛門の方が興奮の面持ちであった。

「武士の驕慢《きょうまん》さには辟易《へきえき》しますが、杉浦さまは秀《すぐ》れたお方とお見受けいたしました。これからご公儀の治政を動かすのは、従来の武士像とは違った、あのような世智にたけた才覚を持つお役人なのかもしれません」

「ほう。……それで、その杉浦さまといわれるお方のご用件は、何だったのですか」

「はい。……鐙屋さん、江戸のご公儀はいま、奥羽から御料米を江戸に回漕する大掛かりな海路の開発を企てているようでございます。杉浦さまのお話は、そのことでございました」

「大掛かりな海運ですか」

「はい。ゆくゆくはこの酒田湊に奥羽一円の御料米を集め、ここから海路で一気に江戸に米を運ぼうとしております」

「御料米を海路で一気に運ぶということは、瀬戸内を回る西回りの大海路を取るということですな」

「はい」

短い沈黙があった。

御料米というのは幕府直轄領地の産米のことである。産米輸送に長い間試行錯誤を繰り返してきた奥羽の商人にとって、大海路の実現は願ってもないことであったが、これまで幾度も失敗を重ねた海路でもあった。

「しかし、西回りの大海路は余りにも危険が多いですなあ」

惣左衛門がつぶやくように言った。

「そうです。危険があり過ぎて今までは不可能な海路でした。そのために、私たちは敦賀から先は陸路に切り替えているわけです。……しかし、鐙屋さん。ご公儀が中心になってやるとなれば話は別でしょう。幕府の権力と財力を持ってすれば、あるいは出来るかもしれない」

「なるほど。……問題は幕府の力ですなあ。幕府開設から七十年。ご公儀の力がいかに諸国に滲《し》み渡っているか。……ははは、これはご公儀にとっても一つの賭《か》けですな」

「そう思います。ご公儀の策に西国の雄藩がどれだけ協力をするか。……逆にこれが成功すればご公儀のご威光はさらに万全なものとなるでしょう」

「加賀屋さん、これは面白いですなあ」

「はい。ご公儀の力を借りて、私どもが待望した大海路ができれば、これに過ぎたことはありません」

「ははは、ご公儀をまるまる利用するわけですな」

「いえいえ、決して利用するのではありませんよ。官民一体となって事に当たるということです」

「そうそう。そういう事ですの」

「わが国の北と南を結ぶ海の大動脈が出来れば、国内の交易は新しい時代に入ります」

「大商業時代ですか」

「そうです。商人の時代です」

「それはいい、それはいい。私どもの時代が来ますか」

「はい」

与助と惣左衛門は声を合わせて哄笑《こうしょう》した。

「新海路開発のため、ご公儀は江戸の豪商河村瑞賢殿に命じて事を運ぶつもりのようでございます」

ややあって、与助は生まじめな表情に返り言った。

「ああ、江戸の瑞賢ですか。あれは怪物です。桁《けた》外れの商人ですなあ。……明暦大火の折、信州の木材を買い占めて大儲《もう》けした御仁ですの。あの男なら、横のものを縦にするかもしれない」

高ぶった声で冗談を言ったあと、惣左衛門もふと真顔になった。

「しかしそれまでの準備ですなあ。……瑞賢に策があるとは思われないですからの」

「はい。酒田湊の商人が一肌脱ぐしかないでしょう。明日にでも長人の寄合を持って、みんなで方策を話し合いましょう」

「なるほど、それがいいですなあ」

「酒田湊のまとまった策を瑞賢殿を通じてご公儀に建白いたすほうがよろしかろうと思います」

「はいはい。そこは加賀屋さんにお任せしますよ。よしなにお願いいたしますぞ」

「はい。出来得る限り……」

また、二人が沈黙した。それぞれが交易に賭ける夢を大きく膨らませ、西国を、北国を大船で縦横にかけめぐる自分の姿を想像していた。

「とにかく大海路実現のため、とりあえず酒田湊から田川郡、最上郡の御料米を一両年中に回漕することになったのです。まずその手立てを考えなければなりません。それが試金石となりますから、失敗するわけには行かないのです」

与助が何事かをしきりに考えるようにしながら言った。

「そうですか。……この酒田湊が奥羽一帯の物資の大集散地となりますか。……最上川を下って、奥羽一円から米や紅花や鋳物が酒田湊に集まるわけですな。そして、西国からは大船で陶磁器や漆器、樟脳《しょうのう》、塩硝《えんしょう》などがここに集まってくる。……酒田湊は大坂や敦賀の湊と並ぶ大湊になりますなあ」

惣左衛門は与助の言葉も聞かず、熱に浮かされたようにつぶやいていた。

「鐙屋さん、一酒田湊の問題ではありませんよ。これからはわが国に大海運の時代が来るということです。この国の新しい時代を、私たち商人がつくるということですよ」

与助は、そんな惣左衛門につよい口調で言った。

戸外で急に人々の立ち騒ぐ物音がした。

夕立のようであった。

夏とはいえ、氷雨のように冷たい雨が時折見舞うのであった。

河村瑞賢

数日後、加賀屋与助は月山《がっさん》を遠望する新井田《にいだ》川に釣り糸を垂れていた。最上《もがみ》川に合流し日本海に注ぎ込む小さな内川である。

物事に思い悩む時、与助は人の出入りの激しい店を脱け出し、無心に釣りに興じることにしていた。自然と向きあっていれば、次第に頭が冴え渡り、思わぬ思考に辿りつくことがあった。

肌寒いとさえ言える夏だが、今日は珍しく空気が澄み蒼空が広がっていた。

その蒼空の東の端に、例年になく多量の雪を頂く月山の稜線《りょうせん》があった。年間を通じて消えることのない月山の万年雪は、その澄み切った空に映え、時折、眩しいほどの陽の光を反射した。

与助の佇《たたず》む新井田川から西方には松林が連なり、その向こうには米蔵が立ち並んでいる。米蔵の向こうはなだらかな傾斜で高台となり、その途中に杉林に囲まれた神明神社があった。船の出入港のたび航海安全を祈願し、無事を感謝する湊《みなと》の守り神であった。

高台の陰に船着き場があり、交易の船が入港した折には人々で賑《にぎ》わうのだが、今日はひっそりとして人影もない。やはり天候不順で海が荒れ、諸国の船が出港を見合わせているようであった。

与助は釣り糸に視線を落としていた。

だが、釣り糸を見ていたわけではなく、目は迸《ほとばし》るような光をたたえて川面の一点に凝集していた。

与助は西回り海運の具体策を考えめぐらしていた。

今まで交易で訪れた西国の湊の風景や、今度江戸の帰りに見て来た讃岐《さぬき》や長門《ながと》の大湊、塩飽《しわく》諸島、芸予諸島を取り巻く潮流の様子などをつぶさに思い出しては、頭の中に海図を描き出していた。千石船がつつがなく運航されるために必要なものは何か。与助の思考はとどまることなく広がっていた。

一刻ほどして、与助は忘我の状態からふと我に返った。

与助は自分を取り巻く山や河、海の様相が今までと一変したように思い、ふと周囲を見回した。

しかしそれは錯覚のようであった。

新井田川のやさしい流れも、黒々とした松林の連なりも、与助が幼時から親しんだそれに違いはなかった。

そう思うと、ひどく安心した。

この川端で土地の漁師の子供たちと真黒になって遊び戯れた日々が唐突として蘇り、終日釣り糸を垂れても倦《う》まなかった少年の日が甘酸っぱく思い出された。

新井田川では鯔《ぼら》や沙魚《はぜ》が面白いように釣れた。日本海と最上川の合流点にあたるだけに川魚も海魚もごっちゃに、何でも釣れた。時には値の張る鯛や比目魚《ひらめ》の大物を釣り上げて得意になることもあった。

与助は、もう一度釣り竿《ざお》を持ち直し、糸を遠くに投げた。

だが、与助は再び物思いの中に没入して行った。今度は、一商人としては波乱に富んだ自分の来し方をしきりに回想していた。

釣り竿には何度か魚が食いつく痺《しび》れるような反応があったのだが、与助は竿を上げようともせず、魚が餌を食い散らすのを見過ごしていた。


加賀屋は姓を二木《ふたぎ》と称し、加賀国二木庄がその生国とされていた。鐙屋《あぶみや》などがその昔、山形城主で庄内を支配した最上義光《よしあき》に命名されたのと違い、いわば他国者であった。

加賀屋がいつ頃酒田湊に移住してきたのかは不明だが、戦国時代すでに廻船《かいせん》問屋を営み、他の湊にもその名は聞こえていたらしい。

江戸期に入ってからは、早くから南部藩の蔵宿《くらやど》を勤め、その後、新庄藩、上ノ山藩、荘内藩、加賀藩、松前藩などの蔵宿を順次引き受けている。

与助が生まれた頃は、父の重之助が代々の町年寄を引き継いでおり、酒田湊きっての豪商として地位を固めていた。

与助は加賀屋・二木家の長男として生まれたが、幼時から、近くに住む学僧について読み書きを修め、経史を学ぶなど商人の倅《せがれ》ながらも、学業に非凡な才能があった。

十七歳の時、商売を学ぶため播磨の姫路にやられ、塩屋《しおや》甚兵衛《じんべえ》の店で修行をはじめた。塩屋は代々塩の卸問屋を営む大商人で酒田湊とも交流が深かったが、当時の店主は商人というよりはいわば文化人で、畿内で活躍する学者たちの強力な後援者であり、自らも儒学者を任じていた。

学問好きの若者であった加賀屋与助が、この変人の店主に影響されないわけはなかった。商売の修行などそっちのけに、勉学に励む日々となり、塩屋はさながら儒学塾のようであった。

このため若い頃の与助は商売を毛嫌いしていた。利に聡《さと》い商人の在り方も、多感な与助には我慢ならない存在としてうつり、与助は商家に生まれた自分を呪っていた。

だが一方で、世を支配する武家にも与助は疑いの目を向けていた。当時姫路は松平直基《なおもと》公十五万石の城下で、藩主は数年前出羽《でわ》山形から入部したばかりであったが、町きっての富商である塩屋には家臣が時折訪れて五百両、千両と金子《きんす》の無心をしていく姿を何度も見ていた。自分たちでは何も生産せずに、傲慢《ごうまん》な態度で商人の富を毟《むし》り取って行くのである。武士階級とは一体何なのか、と考えないではおられなかった。

塩屋の当主は一人息子の了之介《りょうのすけ》を店の後継ぎと考え、商売の手ほどきをしていたが、了之介には十歳になるとみという娘がいた。祖父の甚兵衛はこの孫を溺愛《できあい》していた。

ある夏の午後であった。

大通りを藩の重臣と思われる数人の武士が馬で通行していた。店先で毬《まり》をついて遊んでいたとみは慌てて店内に戻ろうとしたが、はずみで毬が道なかに転げ出て行ったのを追いかけ、道路に出たとき、ちょうど藩士の乗馬がそこに来ていた。

「無礼者」

と一喝されて、とみは馬の足蹴《あしげ》にされて、気を失った。

店の番頭が驚いてとび出し、道端に平伏して平謝りしたが許されず、馬上の武士は手に持った鞭《むち》で再度とみを打ち、さらに番頭にまで鞭を振り下ろした。

「その方ら武士を何と心得る。ここで無礼討ちをいたす所だが、命だけは助けてつかわす。塩屋には後刻こちらから処置を言い渡すので、そのように伝えよ」

武士たちは、そう言い残すと、後も見ずに悠然と立ち去った。

馬に蹴られたとみは即死であった。

そして番頭も顔にかなりの怪我《けが》を負っていた。

だが、事情を聞いた甚兵衛は蒼白な顔をやや引きつらせたものの、あれだけ溺愛していた孫娘の死に涙することはなかった。

後日、姫路藩より公式な通達があり、塩屋は不始末の賠償として三千両の銀を藩に納めねばならなかった。

とみが道なかにとび出た時、与助は店内にいて窓からその姿を見ていた。十歳のいたいけない子供が犬猫のように馬の足蹴にされ、泣き声もなく命をおとす瞬間を目に焼きつけていた。

そして、それを物でも見るような視線で馬上から見下ろしていた傲岸で冷酷な武士の姿を、与助は忘れることがなかった。

十代の与助は苦悩していた。

自分はこれからどう生きればいいのか。酒田湊に帰って、商家の後を継ぐことが、自分にとって良いことか、どうか。

与助は迷っていた。

そして、十九歳になったばかりの早春、姫路を出て江戸に向かった。

江戸では山崎闇斎《あんさい》の高弟の自宅に寄食して、朱子学を学ぶかたわら、無住心剣《むじゅうしんけん》の針谷夕《はりがやせき》雲《うん》の八丁堀の道場に通った。

無住心剣は新陰流《しんかげりゅう》より分かれた一派とされ「畜生心の妄想を否定し、往するところのない心境」に到達することを極意にしたという。夕雲は身のたけ六尺、三人力の体をもっていたとされる伝説の剣士である。寛文二年、七十歳で病死するまで二千八百人余の弟子を持ったが、その気性の激しさから、剣の技も上段に振りかぶって、ただひと打ちにする一手しか弟子には教えなかったという。

儒学を学び、剣を習う歳月は五年に及び、与助は心身ともに逞しい若者に成長して行った。

そして、いつ頃からか、あれほど嫌いぬいていた商人への見方を次第に変えていった。それは武家に対する失望と裏腹のものであった。

武家政治が落ち着き、戦の無い日々が続けば続くほど、その武士自体が逆に無用のものになってしまうという皮肉な結果が、与助を目覚めさせたようであった。

与助は、その武家に替わり、世を導くのは商人でなければならない、と考え始めていた。商人が富を築き、それを流通させて、経国済民の実を挙げることこそ、これからの世に必要なことと、固く信じたのである。

これからの世の中は、商人がつくる。

この思いは与助の心をいやが上にも駆り立てた。

もう江戸に落ち着いてはいられなかった。

こうして、二十四歳の時酒田湊に帰り、加賀屋を継いだ。同時に町年寄として町組の若い頭領の座にも就いたのであった。


追憶はそれからそれへと移っていた。

川辺はもう夕暮れに近く、与助は背のあたりにふと冷気を感じて、我に返った。

「釣れますかな」

背後から唐突として嗄《しわが》れた声をかけられて、与助は思わず振り返った。

六十歳に近いと思われる小柄な老人が立ち、与助の釣り竿を覗き込んでいた。

頬骨が突き出て、口の大きい奇妙な顔立ちであった。だが、目元に妙に人なつこい感じがあって、好感が持てた。

「いや、釣れませんねえ」

と与助が答えると、

「釣る気が最初からないのですなあ」

と老人はゆっくり言って微笑した。

「そのようですねえ」

与助も仕方なくそう答えながら、体をややずらした。

老人は、与助のそばにゆっくりとした仕草で坐った。

老人は旅装であったが、長旅をしてきたらしく全身埃《ほこり》まみれであった。

「わしは河村十右衛門、瑞賢《ずいけん》ですわい」

「ああ、河村瑞賢どの」

与助は老人を見た時から、瑞賢にちがいないと思っていたけれども、あらためて丁重に腰を屈めた。

「初めてお目にかかる。……じゃが、おぬしのことは、お勘定頭の杉浦さまにいろいろ聞いておりますじゃ。……それに、江戸でのおぬしの噂を以前より伝え聞いておりましたわい。修行先から、商人を嫌って出奔なさったとか」

「若気の過ちでございました。お恥ずかしゅうございます」

「して、こちらへは幾歳の折に戻られましたかの」

「はい、二十四歳の時でございました。……これからの国に大事なものは商いの道であることにようよう気づき、帰ってまいりました。……それまでは、商いが男子一生の仕事とはとても思えなかったのです」

「それで良いのじゃよ。若い頃は誰しもいろいろと思い悩むもの。さまざまな経験を積み、さまざまな思いの中で決断したことほど尊いものはない。それこそ本物というものじゃ」

瑞賢は、小さな背を丸めるようにして、与助の顔を見ていた。慈しむような、柔和な表情であった。

河村瑞賢は江戸の豪商として聞こえていた。初め伊勢《いせ》から流れてきた時は、荷車押しの人足であったが、自らの才覚で巨萬の富を築いたという伝説の商人でもあった。商人でありながら土木工事が得意で、幕府や諸藩の要請で、治水治山事業を数多く手がけてもいた。人を動かすに巧みな、事業の天才とされていた。

「瑞賢どの。まずは私どもの店でおくつろぎ下さい。長旅でさぞお疲れでございましょうに」

「いやいや。歩くのは少しも苦にならぬ。それに無理をせず宿場宿場で十分休息をとりながらの旅でしたからのう。……加賀屋どののお店に先程お寄りしたのじゃが、こちらと聞いてやってきましたわい」

「それはそれは、私どもの家人も気がつかないことで、不調法いたしました。お疲れなのに、お上げもしないで」

「いやいや、わしが無理に頼んで、この川原を教えてもらいましたのじゃよ」

与助は釣り竿を手操り寄せ、身支度をして立ち上がった。

「まあ、ここで少し話をして行きましょうわい。改まって向き合うよりも、話しやすいようじゃ」

瑞賢は坐ったまま、夕暮れの遠い海を眺めやっていた。

与助は瑞賢の言葉に従って、再び腰を下ろし、瑞賢の次の言葉を待った。

「ところで、のう、加賀屋どの。このたびご公儀より奥州の御料米回漕《かいそう》を申し付けられたのじゃが。……それは加賀屋どのもご存知のことと存ずる」

「はい、杉浦さまより承りました」

瑞賢は、少し間を置いて、話を継いだ。

「そのことじゃが、わしはとんと海のことにうとい。今まで商い以外にやったことと言えば、道づくりや河川工事だけでのう。海運のことなど何も知らぬ。……じゃが、このたびは知らぬことをやらねばならぬ。……おぬしは、この海運を成功させるためにはご公儀と商人、舟人が協力し合わなければならぬと、杉浦さまに具申されたと聞くが」

「はい。その通りでございます。ご公儀と沿岸諸藩、それに奥羽の商人と舟人が一体となって力を合わせることが肝要かと思っております」

「官と民が一つの目的のために助け合うというのは、これは今までにないことじゃの」

「はい。ご公儀にとっても試金石となりましょう」

「うむ」

瑞賢は、腕を組みしばらく沈黙している様子であった。

「わしはのう、加賀屋どの。……このたびのことでは、ご公儀と奥羽との繋《つな》ぎ役に徹しようと思っておる。あとはご公儀と、この地のおぬしらに具体策を進めて貰わねばならぬ」

「はい。ご公儀と奥羽を結ぶ役割がもっとも大事な役割だと、私は思っております。私ども地方に住む者の思いはなかなか江戸には届かず、一方、ご公儀の思惑も、私どもにはなかなか届きにくいのでございます。その間を瑞賢どのに取り持っていただければ、末端の舟人や百姓も安心して事が成せるというものです」

瑞賢はふと沈黙した。

与助もまた無言のまま、瑞賢の次の言葉を待っていた。

気まずい沈黙ではなかった。

隣に坐る小柄な瑞賢の体から温かいものが自然に迸ってくるような、そんな居心地の良さを、与助は感じて、不思議な気持ちになっていた。

若年の頃、修行に行っていた先の塩屋の主人に似ていると、与助はふと思っていた。それは、一廉《ひとかど》の商人に共通した、人間の深みとでも言うべきものなのかもしれなかった。

「それにしてもご公儀は思い切ったことを考えたものじゃ。この国の海運を根こそぎ変えようというものじゃからのう。……さぞかし、幕閣の間には反対する方々もいたであろうに、のう、加賀屋どの」

「はい。杉浦正照さまというお方は、立派なお侍でございますね。いえ、立派というよりは、今までにない型のお侍と感じました」

「そう。これからの武士は先を見通す能吏でなければ勤まらぬじゃろうのう。世の動き、人の動きを逸早《いち》く知り得るお方でなければ治政は出来ぬだろうよ。武士も変わってくる。商人も変わってくる。そして世の中も変わってくるのじゃよ」

瑞賢はつぶやくように言った。

「ところで、加賀屋どの。わしものう、ひと通りは諸国の湊を見ては来たがのう。どこから手をつけたら良いのか、とんと分からぬ。ここは加賀屋どののご意見をぜひお伺いしたい」

瑞賢は急に生真面目な表情になり、光る目を与助に注いだ。

「私などより瑞賢どのの方が、ずっと大きな見方が出来るものと存じますが、一つ二つ私の考えておりますことを言わせていただきましょう。一つはご公儀の力を隈《くま》なく行き渡らせること。あと一つは、誰にも損のない仕組みにすること。まずはこの二つが大事と考えます。それさえ出来れば、海路は自然に出来あがって行くでしょう」

「なるほど。……これは、まさに幕府の力が試されることでもあるわけじゃのう」

「はい」

「じゃが、万一、西国あたりの大大名が幕府への協力を拒むようなことがあれば、……これは戦の危険も孕《はら》んでいるわけじゃ。……それに、誰にも損がないという仕組みを作ることも簡単なことではあるまいて」

「はい、確かに。……例えば、この酒田湊までの舟下しを考えますと、各地の御料米を天領から回漕する場合、今までの最上川舟賃をぜったいに下回らないようにすること。さらに諸国の湊では、各藩の入港税をいっさい廃止し、それに見合う負担を幕府がすることなどをまず考えなければなりません。……今までご公儀が御料米回漕に注ぎ込んできた莫大な費用を考えれば、それらは容易なことでしょう。ご公儀も良く、各藩も良く、商人も舟人も共にうるおうことが、何よりも大事なのです」

「なるほどのう。……して、この酒田湊から船出する西回り海路の方策はどうお考えじゃろのう」

瑞賢は、思わず身を乗り出すようにして問いかけた。

与助は、これまで思いめぐらしてきた策をゆっくり口にした。胸の内で反芻《はんすう》してきたことを語るうちに、言い知れぬ興奮を感じ、与助は饒舌《じょうぜつ》になっていた。

「西回り海路を酒田湊から瀬戸内を迂回して江戸に至る海路として、まず寄港地の問題がございます。いま考えられまするのは、佐渡《さど》の小木《おぎ》、能登《のと》の福浦《ふくうら》、但馬《たじま》の柴山《しばやま》、石見《いわみ》の温泉津《ゆのつ》、長門の下関《しものせき》、摂津《せっつ》の大坂《おおさか》、紀伊《きい》の大島《おおしま》、伊勢の方座《ほうざ》、志摩《しま》の畔乗《あやのり》、伊豆《いず》の下田《しもだ》。……これらの各湊を寄港地として定めます。これらの地には立務場《りつむじょう》を置き、沿道の幕府代官、および諸侯に命じて、御料米船への保護を行わせるわけでございます」

「ほう」

瑞賢の老いた頬に赤味がさしていた。

「西回り海路はおよそ七百六十余里。これだけの長い海路を行くのですから、今まで繰り返されてきましたように、常に海難の危険が伴います。これらの寄港地では、その避難港となるだけでなく、船、積み荷に対する完全な保護が行われなければなりません。……だからこそ、ご公儀の絶大な権力が必要なのでございます」

「うむ、まさに政事《まつりごと》じゃのう。……幕府の力が弱体であれば、出来ぬことよのう」

瑞賢が喉《のど》の奥から絞りだすようなかすれた声でつぶやいた。

加賀屋与助は夢を見ていた。

旭日の勢いにある幕府の力で、国内沿岸に隈なく海の砦《とりで》を築くのが与助の腹案であった。日本海沿岸から名にしおう難所の瀬戸内まで、海難の心配される海域は無数にあった。だからこそ、これまで商人たちは大海路に幾度となく失敗してきた。いま幕府の権力を利用して新たな仕組みをつくり、与助たち商人が二つの海を自由に交易に乗り出す時代が、来ているようであった。


腹案を語りながら、与助は眩暈《めまい》に似た心の高ぶりを感じていた。

「そのほか、船の目じるしになるものが必要となりましょう。たとえば、志摩菅島《すがしま》の白崎山の中腹で、毎夜、烽火《のろし》をあげて、船の目標にしたらいかがでしょうか。……また、下関海峡は、海中に岩礁が多く、入港に難儀いたしますので、水先案内船を備えることも必要となりましょう」

「なるほど、面白いのう。加賀屋どの、おぬしは海の天才じゃよ。いや、交易の天才と言うべきやもしれぬのう。……おぬしの頭には国々の湊や海の様子がすべて収まっているものと見える。……これは恐るべき頭脳じゃ。……勘定頭の杉浦さまが目をつけられたのは、さすがというものじゃ」

「いえ、いいえ。これはたんに私ひとりの考えでございますから。……ほかに多くの方々のご意見をいただかなければ……」

与助は自分の饒舌に気付いて、ふと顔を赤らめた。

江戸の仕事師と異名され、数々の治山治水事業を手がけてきた老練の瑞賢を側にして、与助は自分をひどく子供染みていると、しきりに自省していた。

だが、瑞賢はそんな与助を心底から信頼してくれたようであった。

「いや、他の意見を聞くまでもないじゃろう。……問題は、今の加賀屋どのの考えを、いかに効率よく、短い月日で実現するかじゃ。わしは、早速杉浦さまにお願いすることにいたしましょうわい」

「はあ、ありがとう存じます。杉浦さまにくれぐれもよろしくお伝え下さるよう、お願い申します」

与助は丁重に言った。

瑞賢は暮れようとする湊の方をしばらく眺めやっていた。

「今年はこの通り、出羽も天候不順じゃ。まず上作は期待できぬじゃろうが、大海路が開始される時にはこの酒田湊に、出来る限りの米を集めねばならないのう」

「はい。まず御料地の百姓どもに骨折ってもらわねばなりません。……そして、この湊には御料米貯蔵場を新たに造る必要がございます。……ごらんの通り、酒田湊には米蔵、舟蔵、肴蔵《さかな》が数多く立ち並んでございます」

そう言いながら、与助はゆっくりと立ち上がって、湊の方を指差した。瑞賢も続いて立ち上がり、手をかざしながら、西の方向を見渡していた。

「しかし、これからの御料米回漕のためには奥羽各藩や町組の私蔵とは区別しなければなりません。海岸近くの、便要の地に、大規模な米蔵を設けてはと考えてございます」

「とりあえず、一、二年後には、何としてもここに出羽のうち最上郡、田川郡の御料米を集荷しなければならぬわけじゃからのう」

「はい。二郡の御料米を、まず最上川の舟運で酒田湊に集結させ、そのあと酒田湊から千石船に積み替えて、一気に江戸まで回漕するわけでございます。前年産米を翌年の春に船積みするとして、二月までには、酒田湊の御料米置場に到着させなければなりません。しかし、一月から二月にかけての最上川は、川筋にまだまだ危険がございます。冬の間に川筋が変化することがあり、手だれの船頭でも初下りは緊張するのでございます。一月の御料米下しは、川筋の舟人にとって初体験となります」

「いろいろ難しいものじゃのう。舟人たちにも協力してもらわねばならぬのう。……舟人たちは大丈夫であろうか」

「はい。私ども酒田湊衆が事情をよく説明し何とか説得いたします」

「まあ、そこは酒田衆と舟人たちの長い間の交誼《こうぎ》があるじゃろうから。……だが、おぬしら羽州商人にとっても、舟人たちにとっても、今度の話は決して悪い話ではない」

「はい」

「おぬしら羽州商人はますます富み栄えることになろう」

「いえ、お国のためでございます」

「はははは」

瑞賢がさもおかしそうに哄笑《こうしょう》した。

釣られて、与助も一緒になって笑い出していた。

「そう、お国のためじゃ。お国が栄え、商人も栄える。……無用の侍など、この国には不必要になるわい。……じゃが、それが本筋というものよ。士農工商などという身勝手な差別があっていいわけはない。……この国の歴史の中で、初めて、わしら商人が主役になるのよ」

瑞賢は笑声を引っ込めると、皮肉な表情になり、吐き捨てるような口調で言った。

与助はおもわず、瑞賢の顔を見た。

心底から同感だと思った。

そして、思ったことを歯に衣着せず口に出す瑞賢を、羨《うらや》ましいと思った。

「あとは、千石船の手配じゃのう。加賀屋どの、船は酒田湊で調達できますかな」

やがて、瑞賢が思いついたように聞いた。

「いいえ、酒田湊の船は総じて小さく、数が少のうございますので、諸方より雇い船するしかございますまい」

与助はすぐに答えた。

その頃、酒田湊には大船がほとんどなく、五人乗りを最大とする川舟が主力となっていた。それは舟のほとんどが最上川の川運に従っていたからで、商人たちが諸国との交易に使用した船はほぼ他国の雇い船であった。

七百六十余里に及ぶ荒海を航海する大海路には最低十人乗りとされる弁財船《べんざいせん》ですら、危ぶまれるほどである。

「大船をこの湊で新造する方策もあろうがのう。……それで、酒田湊や最上川筋の舟人たちは納得なさるのかな。ひとたびその手立てを造ると、この先も、西国の雇船による回漕の道が固定してしまうものと思うがな」

「それは致し方ないと思っております。これだけ大きな海運計画ですから、それぞれの国が分担して、事にあたるしかないと存じます。……それに、事は急を要します。ここで新造船を造っている時はございますまい」

「そうかのう。……相分かった。して、雇舟はどこの舟をお考えじゃな」

「はい。日本海の潮の険悪さは東海一帯の比ではありませんので、船は日本海の潮に慣れたものが、よろしかろうと存じます」

「して、それは」

瑞賢はややせっかちに聞いた。

「はい。まず讃岐の塩飽島、備前《びぜん》の日比浦《ひびのうら》、摂津の伝法《でんぽう》、河辺《かわべ》、脇浜《わきはま》あたりの弁財船は他州に見られぬ良船と聞いております。とくに塩飽諸島は郷民も純朴で、千石船の手配には最適と考えられます。……最盛期になりましたら、尾張《おわり》、伊勢あたりからも補充すれば、充分と存じます」

「ほう、それはそれは。何から何まで調べつくしてござるのう。さすが加賀屋どのじゃな」

瑞賢は微笑して、与助の肩を軽く叩《たた》いた。

「いえいえ、これはあくまで私見でございます」

与助はそう言って、松林の向こうの海に視線を投げた。

この海から、御料米を満載した西国の大船がいつになったら出帆できるのか。その時こそ出羽の一隅のこの湊が、新しい時代を迎えることになるのだ、と思い、感慨もひとしおであった。

与助の考えていることは、それまで商人が請け負っていた幕府直轄地の産米輸送を幕府自らの手で行わせようということであった。しかも、沿岸の湊々には万全の寄港地を設け、全国の主要港を海上輸送のための砦と化すことであった。

国全体に張りめぐらされた砦によって、海路は隅々にまで及び、蝦夷地《えぞち》を含めた大流通網が実現するはずであった。

幕府御料米の海路は直ちに、商人たちの活躍する海の道となって、あらゆる物資が北から南へ南から北へ移動することになる。

与助の夢みたのは大商業時代の到来であった。

ポルトガル、スペインの宣教師によって百二十年も前に渡来したキリスト教が西日本を中心に浸透し、同時に異国と交易も盛んになったのだが、布教を第一義としてヨーロッパの先進技術も伝えようとしないポルトガル、スペインはやがて排除され、江戸幕府は鎖国体制を採った。布教、交易を許しておけば腰の弱いこの国の商業は壊滅し、国そのものを危うくする危険があった。

国を開く前に、国内の商業を一新しなければならないというのが、与助の考え方であった。

そのためには、この国全体の流通網が確立しなければならなかった。一つの海路の開発が、未曾有《みぞう》の改革を促す起爆剤になるのであった。

「ところで、加賀屋どの。この大海路が成功したあかつきには、この湊からどれくらいの奥州米が回漕されることになりますかな」

瑞賢の言葉に、与助は我に返った。

「はい。御料米回漕が始まった年から、毎年、御料米、私領米含めまして、百万俵にのぼりましょう」

「ほう、百万俵のう。……それがもし事実なら、奥羽全体が変わるのう。奥羽恐るべし、奥羽恐るべし……」

瑞賢は口の中で笑い声を立てた。

「いえいえ、変わるのは奥羽だけではないでしょう。……国全体の海運が開かれ、諸国の湊が賑《にぎ》わうこととなりましょう。……喜ばしいことでございます」

「そうよのう。この海の道が国全体の物の流れを進めることになる。北の国にも四国の胡《ご》麻《ま》や蜂蜜、九州の硫黄、塩硝《えんしょう》などがあふれ、西国には陸奥の水晶や砂鉄、出羽の紅花や青《あお》苧《そ》が盛んに出回るようになる。面白い時代じゃのう。……ご公儀は鎖国鎖国と騒いでおるが、それとて、いつまでも国を閉じたままでおられまい。商人が手ぐすねひいて待っているのじゃからなあ」

「はい」

「いやいや、ちと脱線しすぎたようじゃ。ご公儀に命じられて仕事をする者がご公儀を批判してはいけないのう。はははは……」

瑞賢は細い体に似ず、豪快に笑い飛ばした

それから、ふと生真面目な表情に返り、言葉を続けた。

「加賀屋どの。実はのう、ご公儀の指示によって、酒田湊、江戸間の西回り海路に先駆けて、まず磐城《いわき》、江戸間の東回り海路でこの策の試みをすることになるやもしれぬ。……今日、加賀屋どのの話を聞いて、ようやく方策が見付かった思いじゃ。……このことについては、とくに加賀屋どのの了解を得ておきたいのじゃ」

「承知いたしました。日本海の西回りと、太平洋の東回り海路はいわば車の両輪のようなものにございます。二つが完成しての大海路でございます。その試みは早ければ早い方が良かろうと存じます」

「ああ、加賀屋どのの言われる通りじゃと思う。……何しろ、ご公儀は石橋を叩いて渡る主義じゃから、勘定頭の杉浦さまとしては、まず短い海路で回漕を試みてみごと成功させ、その方策の確実さを幕閣のお偉方に分かっていただこうとのお考えのようじゃ。頭の堅い幕閣には困ったものよ」

「幕閣のどなたかが、反対なさっておられるのでしょうか」

「うむ。……これまで巨額の費用を注ぎ込んでまいった御料米回漕じゃからのう。……なかなか簡単には参らぬらしい。……ご老中の稲葉美濃守《いなばみののかみ》さまが強硬に反対していると聞いておる。稲葉さまは、十年以上もご老中の職におられる実力者じゃからのう。……困ったことよ」

「そうですか」

与助は、江戸で杉浦正照に会ったあと誰かに跟《つ》けられたように感じたことをふと思い出していた。


河口は次第に暮れていた。

天候不順のためか、夏らしい夕焼けも残さず、陽は翳《かげ》っていた。

瑞賢と加賀屋はどちらからともなく歩を移し、松林の方に向かった。

薄暗がりの中にくっきりと映えた遠い月山の雪が鮮やかであった。

「ああ、酒田湊は美しいところじゃのう。遠くのあの山は鳥海《ちょうかい》ですかな。ちょうど富士のお山を少し低くしたようなずいぶんと裾野《すその》の長い山じゃ。……加賀屋どのは、空気の澄み渡ったこの町に生れ、育ったのじゃのう。古里はいいものよ」

瑞賢はそう言って、遠くを見る目をした。

「瑞賢どのの古里は伊勢と聞いておりますが……」

「あい。……しかしもう伊勢のことは忘れてしまいましたわい。あまりに諸国を放浪して歩いた歳月が長くなりましてのう。……初めて江戸に出てきたのは十三歳の時じゃった。江戸では、加賀屋どののように、学問をしたわけでもないし、剣を学んだわけでもないのじゃがのう。……とにかくいっぱしの商人になりたかった。そのために、ありとあらゆることをしたものじゃ。……あれは二十歳《はたち》の時じゃったか…」

瑞賢河村十右衛門は古里を出た時、金三分を持っていただけであった。江戸では車引きや日雇をしていたのだが、ついに江戸で芽が出ず、二十歳の年に上方に旅立った。ちょうど品川あたりまで来た時、盂蘭盆《うらぼん》で、精霊《しょうりょう》に供えた瓜《うり》や茄子《なす》がいたる所に捨ててあるのを見て立ち止まった。瑞賢はさっそくそれらを拾い集めて、漬物にして売りに出したところ大そうな売れ行きで、ひと財産を作り上げてしまったとされる。

「それを元手に、わしはやがて材木商になったのじゃが、商人にしては血の気が多過ぎてのう。人に頼まれるのを良いことに、数々の土木事業を請け負った。……いろいろあったのう。……今度の海運の仕事は、わしの最後のご奉公じゃ。最後のご奉公に、加賀屋どのという得がたい仲間を得て、わしは幸せじゃよ。心から礼を申したい」

瑞賢は神妙な様子で頭を下げた。

「とんでもございません。ご公儀に信の厚い瑞賢どのに、私ども酒田商人が出来るだけの協力を惜しまないだけでございます。……田舎商人の私どもに出来ることなど、何ほどのこともございませんが」

「いやいや、そうではない。おぬしたちだから出来るのじゃ。今度の海運は商人の心意気が作りあげるものじゃよ。……じゃが、これからは忙しくなって、加賀屋どのの釣りの楽しみを奪うことになりますのう。それはご勘弁願いたい」

そう言って、瑞賢は、口の中で笑った。

「いえいえ、私の釣りは単に頭の中に新鮮な風を入れるためだけのものですから」

答えて、与助も笑った。

瑞賢と与助はゆっくり歩を移し、黒々とした松林に足を踏み入れた。

そのとき——

唐突として、黒装束に身を包んだ数人の武士が現れ、二人を取り囲んだ。

「待たれよ、ご両所」

頭目と思われる大柄な武士が鋭い声をあげた。

瑞賢と与助は武士たちを見回した。

いずれも年若な侍らしく、目を血走らせていた。

包み隠す余裕もなく殺気を迸らせていると、与助は感じていた。

「米沢藩浪人、大峡《おおば》武兵衛《たけべえ》である。伏嗅組《ふしかぎぐみ》組頭をつとめる。……おぬしら、幕府奸臣《かんしん》の犬となって海運計画をすすめると聞く。奥羽の黄金なす米を幕府に売り渡すことなどさせぬ。……われら伏嗅組は、いつの日か、上杉景勝《かげかつ》公の恨みを晴らし、徳川を倒すことのみ念じてきた。その徳川の世を富ます方策は断固として防がねばならぬのだ。……おぬしらには、死んでもらいたい。河村十右衛門、加賀屋与助、覚悟せい」

大峡武兵衛と組員たちはいっせいに刀をぬき放った。

ともに青眼に構え、じりじり輪を縮めてきた。

「これはご慮外な」

与助はそう言いながら油断なく身構え、瑞賢を庇《かば》って一歩前に出た。

「伏嗅組といえば、その昔、上杉景勝公が作られた隠密《おんみつ》組と聞いております。それがなぜ今頃になって刃物三昧《ざんまい》なのですか。これは理不尽というよりありません。……それに上杉家は今では高家筆頭、吉良《きら》どののご嫡男、綱憲《つなのり》公が藩主となっておわします。今さらご公儀に盾突くのは合点がいきません」

与助は浪人たちの刃先を注意深く見守りながら言った。

「だまれ、だまれ、われ等は景勝公の遺命により、徳川に仇《あだ》することのみを念じ生きてきた。親から子へ受け継いだ遺命を奉じることこそ武門の意地である。覚悟せい、行くぞ」

与助は止むなく釣り竿を捨て、右手に魚籠《びく》を持ちかえて、構えた。与助は帯刀を許されており、通常は脇差《わきざし》を帯びているのだが、この日は魚釣りのこととて丸腰のままであった。だが、浪人たちは与助の身のこなしに徒《ただ》ならぬものを感じたのか、すぐに討ってはこなかった。

「馬鹿な。時代を少し考えて下さい。……流れて行く時代に竿をさして、何になりますか」

「だまれ」

大峡武兵衛は与助の言葉にふと、軽い動揺を見せたが、それは一瞬に過ぎなかった。

あとは無言で、与助の隙《すき》をうかがっているようであった。

伏嗅組とは笑止なことであった。

もともと伏嗅組とは、慶長十九年の大坂冬の陣に際して、上杉景勝が十人の士を選んで間諜《かんちょう》の役につかせたのが始まりであった。のち二十人に増員されたが、夜盗組とも称され犯罪人の捜査、逮捕に当たった。いわば伏嗅組とは米沢藩内に置かれた三手組という家臣団の一組織であり、組員は世襲であった。

藩を抜け浪人となった者たちが伏嗅組を名乗るいわれは何もなかった。しかも徳川家康に対立した景勝公の遺志を引き継ぐなどとは、とんだ茶番であった。

米沢藩の領地米を扱っていた与助はそれらを知悉《ちしつ》していた。

だが、それだからこそ、与助と瑞賢を名ざして狙って来た浪士たちに、事の重大さを思った。

誰がこの刺客を命じたのか。

もし仮に、瑞賢の洩らした老中の稲葉正則《まさのり》がその黒幕だとしたら、事は容易ならざることであった。

そのとき——

沈黙に耐えきれなかったのか、一団の端に位置した一人の年若い浪人が、刀を上段に振り上げ、いきなり与助に迫って来た。

浪人の刀が振り下ろされる寸前、突然に耳を聾《ろう》する銃声があがった。

「ダーン」

そして、ほとんど同時に、切りつけた浪人が胸を手で押さえるようにしながら、崩れおちた。

銃弾は、浪人の心の臓の近くに見事に命中していた。

神技にちかい銃の腕前であった。

そのとき、松林の奥から、まだ硝煙の立った火縄銃を持った少女が、ゆっくり現れた。

その後方の高台にはまだ数人の男たちが突っ立ち、それぞれ銃を構えていた。

「那美《なみ》か」

与助が少女に声をかけた。

唐風《からふう》の火消装束を身につけた美しい少女であった。彫りの深い顔立ちで、背丈が並の男よりも高かった。

一見して、外来の者の子孫と分かった。

伏嗅組の浪人たちは、鉄砲の音に怯《おび》えはじめ、与助と瑞賢を取り囲む輪はすぐに崩れた。

「飛び道具とは卑怯《ひきょう》な。引けい、引けい。……十右衛門、加賀屋、制裁はこれで終わったわけではない。我らはいつでも、おぬしらを狙っている。覚悟しておけい。この次はきっと二人の命は貰った。二人だけではない。海運計画にたずさわる者は、何者たりとも抹殺じゃ。よく覚えておくが良い。……この次はきっと、おぬしらの命は貰った。よいな」

大峡武兵英は高声で喚《わめ》き、やがて部下を促して松林を去った。

少女が静かに与助の前に寄り、片膝をついてふかぶかと頭をたれた。

「旦那さま。お怪我はございませんでしたか」

鈴が鳴るような、さわやかな声であった。

「うむ、何ともない。ご苦労であった。……だが、那美、殺《あや》めることはなかったのではないか。……」

「いえ、旦那さま。この先も、町衆に危害を加える人々と存じましたので」

少女は凛《りん》としていた。

「まあ、良い。……それより那美、このことは私から言うまで町組の長人《おとな》たちには言わないでおくように。良いな」

「はい。分かりました」

少女は、再び与助にふかぶかと頭を下げた。

そんな少女と与助のやり取りを、瑞賢は興味深そうに眺めていた。

そう言えば、伏嗅組を名乗る浪人たちが二人を取り囲んだ後も、この瑞賢は少しも恐れを見せず、むしろ飄々《ひょうひょう》としてその場を楽しむような風情があった。

与助はそう思い、瑞賢を底知れぬ奇人だと思わずにいられなかった。

少女はやがて走るようにして高台へ去り、高台で銃を構えていた男たちも姿を消した。


与助と瑞賢も歩き始め、ゆっくりと湊の方へ向かった。

もう日はとっぷり暮れていた。

風は刺すように冷たかったけれども、与助は寒さを感じなかった。

瑞賢と語り合うことで、胸が熱かった。

「あの少女、おぬしが那美と呼んだ娘ごは、一風変わった娘ですのう」

瑞賢は歩き出しながら、つぶやくように言った。

「瑞賢どの、さぞ驚かれたことでしょう。まさか上杉家のご浪人が大海路の阻止に出るなどとは考えもしなかったことです。……この酒田湊で、だしぬけの刃物三昧で、まことに申しわけございません」

「いやいや、何ごとかを成そうとすれば、必ずや、それをとどめようとする勢力があるのは世の常じゃよ……わしはこの年じゃからもういつ死んでも悔いはござらぬ。加賀屋どのこそ、羽州を背負って立つお人。充分に気をつけられることじゃのう。……それにあの伏嗅組という面々、米沢藩浪人と名乗ってじゃが、おそらく米沢藩とは無関係じゃろ。今の世の中、食いつめ浪人が巷《ちまた》に溢《あふ》れ、何か事を起こそうと狙っておる」

瑞賢は事もなげに言った。

松林の中ほどに来て、瑞賢はふと足を止めた。

そこからは、高台の陰にひろがる海を見渡すことが出来た。すでに闇が濃く、逆巻く三角波が時折、白々と背を見せた

遠くに、かすかな漁火《いさりび》があった。

夏烏賊《いか》を獲る漁船のようであった。

「それにしても、あの少女。不思議な娘ごが酒田湊にはおるのう」

瑞賢はよほど唐《から》風の少女に魅せられたようすで、また口に出した。

「ああ、那美のことですねえ。あの娘は唐《から》の国の血を引いております。もともと唐の国の東端に古くあったとされる渤海《ぼっかい》国から流れ着いた者の子孫なのですが、あの娘の祖父に当たる者が一度唐の国に渡り、再度船で日本に帰ってきて津軽《つがる》に漂着しました。唐の国で鉄

砲をつくる技を身につけて来たらしく、津軽からこの出羽に舞い戻ると、鉄砲鍛冶として町衆を指導してございました。そのためか、孫の那美も無類の鉄砲好きで、あのような男のような身なりをして、町組の警備組に入っております」

「この出羽には、唐《から》からの漂流民が多いのですかな」

瑞賢は年に似ず好奇心を露《あら》わにした。

「はい、そう伝え聞いております。何しろ五百年も六百年も昔のことですから、よくは分かりませぬが、古《いにしえ》より唐《から》や朝鮮から、かなりの数の漂着民が出羽、津軽に上陸しているらしゅうございます」

「ほう、不思議なところのよう、羽州というのは。……そして、酒田湊というところも、まことに底知れぬところじゃて。……いろいろな男や女がいて、町を守り、商いを興している。……ほんに、面白い土地柄じゃのう」

瑞賢はしきりに感心して見せた。

渤海国というのは、八世紀から十世紀前半にかけて中国東北部に栄えた国である。

渤海国は外国との通商を重んじた国らしく、日本にも前後三十五回にわたって「渤海使」が派遣されたらしい。しかし北西の季節風を利用して船出したこれらの「渤海使」の船は九州太宰府《だざいふ》を目指したにもかかわらず、ほとんど日本海をさまよい、津軽、出羽に漂着したとされる。記録に残るだけで、出羽国には五回以上漂流し、合わせて三千人ぐらいの人々が土着してしまったという。

河村瑞賢が関心を見せたように、これら外来人を迎えて、日本海沿岸の湊町が独自な発展を遂げたのは想像に難くない。

瑞賢は、暮れてしまって視界の利かない水平線に目をやっていた。

この海の向こうには、すぐ手の届きそうなところに唐の国や朝鮮がある。

そんな思いを馳《は》せているようであった。

出羽の里人

慌ただしいうちに寛文十年は暮れた。

秋から冬にかけて、集中豪雨がこの地を襲い、何度も最上《もがみ》川が氾濫《はんらん》した。米蔵への浸水を防ぐため、酒田町組は総出で河岸への土塁築きに当たらなければならなかった。加賀屋与助はその陣頭指揮を取るため、連日蓑笠《みのかさ》を着けて新井田《にいだ》川合流点に出張った。

明けて寛文十一年。

前年とは打って変わった穏やかな日和《ひより》が続いた。加賀屋与助は、早春を待ち兼ねたように、最上郡と田川郡の御料地を訪ねた。

最上郡の天領は、最上川沿いの肥沃《ひよく》な地域を中心に二百村、十七万石を数えていた。また田川郡は大山領、丸岡領、余目《あまるめ》領合わせて三万石の幕領地であった。

これらを支配していたのは山形の城下町に近い長瀞《ながとろ》の代官所であった。

当時、代官は松平清兵衛《まつだいらせいべえ》が勤めていたが、実際に回漕《かいそう》米の差配をしていたのはその手代たちで、手代は現地の有力農民の間から採用した。

加賀屋与助が田川郡の大山村を訪ねたのは、春の花が咲き誇る時節であった。

北国では春の訪れが遅く、そこかしこにまだ土で汚れた残雪があるが、梅、桜、辛夷《こぶし》の花が一斉に開き、かぐわしい日和であった。

酒田湊《みなと》から「酒田舟」と呼ばれる小舟で最上川の支流赤川をのぼった。ほぼ三里の川筋である。

渡船場で船を下りると、与助は真直ぐ村の中ほどにある大山番屋に歩を進めた。大山番屋は長瀞代官所の出先となる役所であった。

村内は立派な白壁の蔵が目立つが、道々はひっそりと静まり返っていた。

大山村はもともと荘内藩の支藩であったが、数年前に、藩主に嗣子がなかったことから領地は公収され、田川郡切っての天領となっていた。

大小の川に囲まれ地味の肥えた土地柄で、大百姓が多かった。

与助は番屋の前に立ち、案内を請うた。

代官手代の阿部《あべ》七郎左衛門《しちろうざえもん》がすぐに顔を出し、中に招じ入れた。

七郎左衛門は、もともと長瀞代官所の一番手代だが、この時は何か緊急な用事があり、大山に出張っているようであった。

役人が帳面付けなどをする建物の奥には、広い二棟の蔵が赤川に沿って建てられていた。去年産米を供出する百姓たちが入れ代わり出入りする姿が見られた。

「この春は、ほんとうに良い気候になりました」

与助は、六畳間ほどの板敷の囲炉裏のそばに腰を下ろすと、さかんに囀《さえず》る鶯《うぐいす》の鳴き声に聞き惚《ほ》れながら、七郎左衛門に声を掛けた。

「去年がひどすぎましたからなあ。ここらの百姓たちも、半作に泣いたところが多いようですよ。酒田湊はどうでしたか」

机に向かっていた七郎左衛門が、席を立って、手ぬぐいで両手を拭《ふ》きながら囲炉裏端に来た。

「ああ、阿部さま。お仕事を続けてください。……私は後でよろしいですから」

「いやいや、……酒田湊からの賓客ですからね。加賀屋さんとお話するのは何より大事な私の仕事です」

「これは、これは。仕事のお邪魔をしたようですね」

「いえ、どうせ一服しようとしていたところですから。……それで、やはり酒田町近郷も不作でしたかな」

「はい。同じようなものでした。近郷近在の田んぼが不作だと、酒田町も極端に不景気になります。近くの村では、止むなく娘を売った者もございます」

「本当に百姓は気の毒なものです。不作だと年貢を納めるために借銭するしかなくなります。……私などは代官所の人間ですが、もともと百姓の出でもありますので、その苦しみが痛いように分かります。……百姓にとって一番辛《つら》いのは、何といっても凶作ですな」

七郎左衛門は憮然《ぶぜん》とした表情で言った。

「そうですねえ。やはり、この春は御料米の川下しにご苦労なさっているのでしょうねえ」

「ええ、なかなか集まりません。……川下し請負の商人たちは、いつまでも待ってくれませんからね。辛いことです」

七郎左衛門はますます暗い顔で言った。

「阿部さまは、とくに川岸から酒田湊まで、そして江戸までも遠くお出かけなさるので、大変なことでございましょう」

「ええ、私がやらなければ、誰も責任を持って御料米の差配をする者がおりませんのでな。川岸で御料米を集めて、それを酒田湊に下し、江戸浅草に運び込むまで見届けねばなりません」

「ほんとに、ご苦労なことでございます」

天領の米回漕には、かならず代官所手代一名が付き添い、川舟で最上川を下った。そして、酒田湊からの大船にも時には乗り込み、米を守りながら遠く江戸まで行かねばならなかった。

五百石船、八百石船に乗り込んで海難に遭い、命を失う手代も多かった。

御料地の手代の仕事は命懸けといって良かった。

「ところで加賀屋さん。……今度、川筋の御料米をすべて瀬戸内回りの海運で回漕するというのは本当のことですかな」

七郎左衛門が改まった表情で聞いた。

「私ども商人にはまだご通知はございませんが、そのようになるとの話は伝え聞いております。代官所の方にはまだご通知がございませぬか」

「ああ、まだご通知は来ぬようですな。……それにしても、大丈夫ですかなあ……敦賀《つるが》までの海運でも危険が多いのに、瀬戸内の海を遠く回って江戸に回漕するというのは、気の遠くなるような長い海路ですなあ。……とくに瀬戸内は大小三千の島々が点在しており、潮流も複雑と聞いておりますが」

「はい、私どもの耳に入っております限りでは、そのために、ご公儀が万全の手を取ることになるらしゅうございますよ」

「万全の手と申しますと？」

「湊々に寄港地を設け、各藩や代官所が船の安全と積み荷の保護を、責任を持って行うことになると聞いております」

「ほう。……それは大掛かりなことを。そこまでご公儀が本腰を入れるのは前代未聞のことですな」

「酒田湊からの回漕も、今度は私ども商人の手を離れて、ご公儀が直接手を下すことになりましょう」

「それでは、代官所の差配になるのですかな」

「そうなりましょうねえ。……阿部さまたちの仕事が今以上にきつくなるでしょうねえ」

「そうですか。……いや、私の仕事がふえるのは構いませんが、それでは済まないでしょう。お代官の責任が幾層倍も重くなります。松平清兵衛さまも、これからは出羽《でわ》を離れることは出来にくくなりましょう」

七郎左衛門は、そう言って、考え込む様子を見せた。

代官所にとっても新しいやり方による回漕計画は、すべて未知のことであり、不安を伴うのは当然のことであった。

「して、最上川下しの方はどうなりましょうかな」

やがて、七郎左衛門は気を取り直したようにぽつりと言った。

「さし当たっては今までの通り、代官所より私ども商人が請け負って、川筋衆の手で川下しすることになりましょう。だがゆくゆくは百姓直廻《じかまわ》しになるやもしれません。……阿部さまは百姓が自分の手で川下しまでもやることを、どう思われますか」

「それは、困りますな」

七郎左衛門はすぐに言った。

「やはり、駄目ですかねえ」

「ええ、百姓が一番反対するでしょうなあ」

「そうですか」

阿部七郎左衛門は長瀞代官所の一番手代であり、最上郡、田川郡の舟運体制全体をつかさどる立場だけに、その言葉には重みがあった。

もともと最上川舟運は出羽所領の貢租米を江戸に回漕する重要な役割を担っており、安全、迅速、確実に回漕されることが第一義とされてきた。

一方、舟運体制そのものが間接的には幕府の収入源として重要な意味を持っていたので川船差配制をきびしく監視、監督してきた歴史がある。

はじめ最上川中流部に清水城があり、その城主義親《よしちか》の手によって清水村に川船差配の権利があったのだが、その後、その権利は同じ中流部の大石田《おおいしだ》川岸に移り、当時所有舟数は二百六十四艘を数えた。大石田舟と呼ばれた五人乗りまでの川舟である。

運賃としては、大石田から酒田湊までの五人乗舟、四十駄から五十駄まで三両半切などと定まっていたのだが、百姓たちが商人に荷を渡す際には米一俵につき、二升を運賃として払えば、それでいっさいの負担はなかった。

こうした舟運制度は最上川支流でも同じで、大山村が川下しする赤川も例外ではなかった。

「商人が川下しを請け負っていることを一番喜んでいるのは、百姓たちですよ。現物運賃さえ払えば、百姓はすべて商人まかせでいいわけです。もう自分たちに、責任はないわけですな。……それが百姓どもには、一番有難いことなのですよ。ここの百姓たちにしても、ご公儀への納米のことが年中頭に重くのしかかっておりますからな」

七郎左衛門の言葉に、与助はふかく頷《うなず》いた。

もっともな話だと思った。

「それが百姓直廻しとなり、一人一人の百姓が自分で川下しに回すとなれば、みんな頭をかかえてしまうのではないでしょうかな。……百姓は、稲を育てる以外の才覚を持ちません。それが良いことか悪いことか、私には分かりませんがね」

七郎左衛門の言葉には軽い自己憐憫《れんびん》の気持ちがうかがえた。

七郎左衛門自身、山形在の農家の出であり、しかも財産分けを期待できない貧農の三男に生まれたのであった。

与助は、そんな七郎左衛門の気持ちの動きが手に取るように分かりながら、あくまでも代官所を代表する者として対していた。

「そうですねえ。直廻しとなれば当然百姓の責任は重くなると思います。正規の運賃を支払わねばならないほか、さらには酒田湊、江戸入用金や廻船上乗り人給金などが村々に加算されてくるでしょう」

「それは困りますなあ。百姓の困窮が目に見えていますからねえ」

七郎左衛門も代官所手代としての自分を取り戻したように、つよく言った。

「はい。私ども商人がなるべく川下し請負を続けたいとは思いますが、いつまでそれが続けられるか。……私どもに入った江戸からの便りでは、ここ二、三年のように感じております」

「そうですか。百姓たちをどう説得し、導いて行ったら良いものか。私には自信が持てません」

与助は、しばらく口を噤《つぐ》んでいたが、意を決したように、七郎左衛門の顔をまっすぐ見つめた。

「私どもは、今までのいろいろな制度がご公儀の考え方で、たとえ変わってきても、この海運は成功させなければならないと考えています」

「ほう、あなたたち商人は反対だと思っておりましたがな」

七郎左衛門は訝《いぶか》しげな表情をつくった。

「確かに、今度の海運で、川下しの部分に限れば商人の仕事は減るかもしれません。目先のことだけを考えれば商人にとっては、損といえましょう。……しかし……」

与助はそこで言葉を切り、真剣な眼差しを七郎左衛門に注いだ。

「しかし阿部さま、この国に本当の海運を興すためには、私ども商人の目先の損など致し方ないと思っております。いいえ、私どもは、それを損とは決して考えていないのです」

「ほう」

「古い時代とあまり変わらない今の海運が、大規模な海運となり、それでこの国の商い、交易が盛んになるとすれば、その補いが充分につき、場合によっては今までにない大きな交易も可能になると思うからでございます。酒田湊の商人は、そう考えております」

「ほう、それは」

「百姓のみなさんも、そう考えてみたらいかがでしょうか。……最上川筋には良質な米のほか紅花、大豆、青苧《あおそ》、うるし、葉たばこなどいろいろの農作物がございます。……これらの作物が商いの隆盛で有利に販売できるとなれば、これは百姓のみなさんにも喜んでもらえるのではないでしょうか。……新しい海運によって国が富むと同時に、商人も百姓も舟人も、みんなが富むことになるのだと考えれば良いと思うのですよ」

「ほう、……これは驚きましたな。……酒田湊ではそこまで考えてござったのですか。そう言われれば、悪いことだけではないような気がするのですが。……しかしね、加賀屋さん。それを百姓たちに今すぐ分からせようとしても無理ですな」

「はい。そう思います。たしかに簡単には分かってもらえないかもしれません。百姓直廻しになったあかつきには、あるいは騒ぎを起こす百姓たちもありましょう。……だが阿部さま、それは息長く説得していくしかないでしょう。羽州の商いが活気づき、西国などから農産物の引き合いがどんどん来れば、やがては自然に納得することでしょう。すでに最上の紅花など京で評判になっているわけですからねえ」

「そうですな。紅花は女性《にょしょう》の唇にぬる紅として大そうもてはやされていると、私も聞いています。山形の紅花百姓は大景気だということですなあ」

「はい。百姓のみなさんには、代官所の方からとっくりとお話し下されればありがたく存じます」

「分かりました。及ばずながら、私どもも総力をあげて取り組んでみますよ。どれだけ理解されるか分かりませんが、何年もかけるつもりでやってみます」

「ええ、よろしくお願い致します。……新しい時代をつくるためですから」

「新しい時代？　……そうですね。世の中何もかも急速に変わって行きますなあ」

七郎左衛門は溜息《ためいき》まじりで言い、ふと考え込むようにした。

「ですが、加賀屋さん。……西国から農産物の引き合いが来ると言いましたが、考えてみれば、それは安くて良いものでなければなかなか西国にまで売れませんな。そうじゃないですかね」

「その通りです。逆に言えば、良いもの、とび切り旨《うま》いものであれば、驚くほど高値に売れましょう」

「競い合いですなあ」

「そう、百姓のみなさんの仕事も、これからはほかの地域との競い合いになるということですね」

「ここの百姓たちに、それだけの才覚があるでしょうかな」

「才覚のある人たちだけが生き残って行きます。残酷といえば残酷な時代ですが、百姓も商人も変わって行かなければなりません。ただある物を売っていればよいとか、ただ漫然と米だけを作っていればよいという時代は終わりなのですよ、阿部さま」

「それは、こわい時代ですなあ」

「はい。恐ろしい時代かもしれませんが、それが必要なのですよ。……今に、鎖国が解けてわが国が開かれたとき、世界に伍《ご》して行くには、ぜひ必要なことなのです」

与助は、きっぱりと言った。

七郎左衛門は、やや呆気《あっけ》に取られたような表情で、与助の顔を見やっていた。

理屈としては分かったようなつもりでも、与助の大きな考え方には着いて行けず、戸惑っているようであった。

そのとき――

大山番屋に駐在している現地手代の山岡忠兵衛《やまおかちゅうべえ》が、ひどく慌てたようすで駆け込んで来た。

だいぶん走ったらしく、息をはずませ、額にびっしょり汗を掻《か》いていた。

「阿部さま、たいへんでございます。米泥棒にございます」

「なに、米泥棒と……」

七郎左衛門は侍言葉になり、膝を立てた。

「私が米蔵で勘定をしている間に、女が入り込みまして、米俵一つ盗み去ったのでございます」

「米を一俵、担いで行ったというのか」

「はい。なんともしたたかな女でございます」

「米俵を背負った女なら、すぐ追いつくにちがいない。山岡、すぐに追いかけなさい」

「はい」

忠兵衛がすぐに出て行こうとした。

「だが、女に手荒なことをするなよ、山岡。……そうだ。米を少し袋に詰めて行くがいい。米俵を取り返したら、その米袋を女にわたしてやるのだ」

その後姿に、七郎左衛門が言った。

「女に、……米泥棒に、米を恵むのですか」

「そうだ。こんなせまい地域で、米泥棒までやろうというのだ。よくよくのことにちがいない。穏便に事を運んでやったらいい」

「はい、分かりました」

忠兵衛はやや不服な表情をしながら、足早に去った。

与助は、七郎左衛門のきびきびした処置に感心していた。

七郎左衛門は先程の思い惑うような表情をきれいに拭《ぬぐ》い去り、完璧な代官所手代に立ち返っていた。

「ごらんの通りです。この村では、供出分を出してしまうと、もう食べる米がなくなっているのですよ、気の毒に」

与助の視線を感じたようにそう言うと、すぐに話題をかえ、何事もなかったように応答した。

ここにも能吏がいた。

そう与助は思って、胸の熱くなるのを感じていた。

「ところで加賀屋さん。……その西国回りの大海運はいつから始まるのですかなあ」

「はい。ご公儀は来年の春から始めるつもりのようでございます」

「そうですか。……すると、今年の米づくりですの、肝心なのは。……二年続きの不作にでもなったら、それこそ大変なことになります。……ここは何としても、百姓たちの気持ちをふるい立たせねばなりませんの」

「そうです。いま百姓たちが食うや食わずで農作業の手間を省くようなことがあれば、これは一大事です。大変なことになりかねません」

「これは、代官どのに相談しなければなるまいて」

「代官さま、松平清兵衛さまは、いま江戸でございますか」

「検地などの御用で下向する以外は、ほとんど江戸においでです。止むを得ません。飛脚でも立てますよ」

七郎左衛門はやや苦渋の色をにじませて言った。

「ご公儀による米回漕が始まれば、代官どのも、もう江戸に滞まっていることは出来ないでしょうから。……そうなれば、私ども手代の苦労もあるいはやわらぐかもしれませんねえ」

七郎左衛門は口の中でつぶやくように言った。

「だが、食うや食わずの百姓たちを、どうしてふるい立たせればいいのか、私には分からない。……私たちは侍ではないから、百姓たちに鞭《むち》をふるうことは出来ない。……困りました。……加賀屋さん、何かいい知恵はありませんかな」

投げやりと言っていいような、悲しげな口調であった。

「阿部さま、とりあえずここは、私ども酒田商人が大山村に米を回しましょう」

与助が、七郎左衛門をみつめながら、きっぱりと言った。

「えっ、酒田湊が米を回してくれるのですか。それは……本当ですか、加賀屋さん」

七郎左衛門は真剣な表情で聞き返した。

「はい、田川郡きっての御料地となった大山村には殊のほかお世話になっておりますし、また代官所にも常々良くしていただいております。こんな大事な時にお役に立てないのでは、商人の名折れでございましょう」

「ああ、それはありがたい。ありがたいことです。加賀屋さん、恩にきます。……ほんとにありがたい。助かりました」

七郎左衛門は目をうるませて、何度も頭を下げた。

「いいえ、ふだん儲《もう》けさしていただいておりますから、あまり気になさらないでくださいよ、阿部さま」

「そう言っていただくと、少しは気が楽になりますな」

七郎左衛門は泣き笑いの顔をもう一度ふかぶかと下げた。

「帰ってすぐに町組の長人《おとな》と相談しますが、何とか夏が来る前には一千俵ほどを、こちらへ運び込みます。あとは番屋の方でよしなにお願いします」

「一千俵も」

「はい。町年寄りはじめ長人の方たちに異存はないはずです。私におまかせ下さい」

「ほんとうにありがとう存じます。……来春はこのご恩を必ずお返しいたします」

「いいえ、何よりもこの出来秋までに良い米をたくさん作ってくれれば、それでいいのです」

「はい。……それにしても一時期に一千俵もの米を運んで、荘内藩は黙っておりますかな、それが心配ですが」

「いや、それぞれの商人が自分の米を動かすだけの話です。荘内藩の指示は受けません。……ただ酒田湊の町奉行には一言、耳打ちしておきますがね」

与助は、豪快に笑った。

七郎左衛門も釣られて笑い出しながら、与助の腹の太さに初めて驚嘆しているようであった。

そのとき、山岡忠兵衛が、中年の農婦をひきずるようにして番屋に現れた。

「このあま、ふといあまだ。さあ、阿部さまの前だ。とっくりと、あやまるのだ」

七郎左衛門が農婦を見やり、驚いた表情になった。

「とめ、ではないか」

七郎左衛門の声はむしろ弱々しげであった。

番屋の米を盗めば死罪と決まっていた。

それを知りながら、あえて米を盗まねばならない農婦の悲しさに、七郎左衛門は声を詰まらせていた。

「とめでごぜえます。申しわけありません。申しわけありませんです」

農婦は同じ言葉を繰り返し言い、頭を下げるだけであった。

「申しわけないでは済むまい。おまえ、番屋の米蔵からご公儀さまの米を盗み出したのだぞ。……おまえは、おまえは、狂ってしまったのかの」

とめの悪びれぬ様子とは対照的に、忠兵衛の方が、すっかり取り乱し、目に涙を浮かべながら叫んだ。

左手でがっしり農婦の肩を押さえつけ、右手で女の細い背を何度も打ちつけていた。

「山岡、その手を離してやれよ……。とめ、お前ほどの働き者がどうしたことだ。番屋の米を盗むなど……」

七郎左衛門の声もやはり悲しげであった。

「申しわけありません。申しわけありませんです」

とめは、そんな七郎左衛門にお辞儀を繰り返しながら、口の中でブツブツ同じ言葉を繰り返しているだけであった。

「申しわけありませんだけでは分からないだろう。おまえは、おまえ一人だけの考えで番屋に盗みに入ったのか。それとも誰か相棒がいるのか。……これ、白状しろ、とめ」

忠兵衛はもう一度、甲高く叫んだ。

「山岡、もういいだろう。とめだって、盗みたくて盗んだのではなかろう。……子だくさんの上に、年寄りもいることだ。……これ以上せめるのは、もういいではないか」

七郎左衛門が凛《りん》とした声で言った。

「申しわけありません。申しわけありません」

農婦は、額を土間に擦りつけたままであった。

「もういいから、今日は帰りなさい。とめ、家の者が心配しているだろう。早く帰って上げなさい。今度のことは無かったことにするから、心配するでないぞ」

七郎左衛門の言葉に、農婦は顔を上げ、怪訝《けげん》な面持をつくった。

「……とめ、去年は不作でなあ、みんなが困っている。みんな食うや食わずの生活を続けているのだ。お前のところだけではないのだぞ。……気持ちをつよく持ってなあ、頑張らなきゃだめだよ」

その言葉には優しさが溢《あふ》れていた。一人の農婦を通じて、恵まれぬ多くの百姓たちに憐憫の思いが向けられているようであった。

「阿部さま。阿部さま、申しわけありましねえ」

今までほとんど無表情といってよかった農婦が突然泣き崩れた。

「それになあ、ここに居られる酒田湊の加賀屋さんが、大山村に米を回してくれることになった。……そうなれば、なあ、とめ、みんなに食うだけの米はやられるようになる。ありがたいことだ。……だからなあ、とめ、元気を出して、しっかり田んぼをみるのだぞ。もう不作にしてはならねえ。今年の出来秋には、みんなで豊作を祝おうや。な、とめ」

「阿部さま、阿部さま。……ありがとうごぜえます。ありがとうごぜえます」

農婦は、泣きながらも無理に笑顔をつくってみせた。

「山岡、とめを家に帰しなさい。小さい子供たちが泣いているだろう」

忠兵衛が、まだ泣きじゃくりながら七郎左衛門に礼を繰り返している農婦を促し、番屋を去った。

与助はすっかり感動していた。

こんな片田舎の村で、一人の秀《すぐ》れた役人によって、どれだけの百姓たちが救われていることか。

もともと純朴で労働を厭《いと》わないとされるこの出羽の里人ならば、来春の大海路も心配ないのではないか、と与助は少し楽観できるような気持ちになっていた。

「阿部さまは、良い人ですねえ」

与助が思わず言うと、

「加賀屋さん、何をおっしゃる。……私の立場にあれば、誰でもそうします。今の山岡だって、大山役所を守る現地手代として責任がありますから強く出ていますが、私の立場になれば私と同じようにやるはずですよ。……代官所で仕事をさせてもらっていて、百姓を憎む者などありません。今の世の中は米で回っています。米をつくる百姓こそ、国の宝だということを、痛いほど感じております」

と、七郎左衛門はやや照れながら、強い口調で言った。

「ああ、いいお言葉ですねえ。百姓は国の宝です、か。……そうですねえ、私ども商人も国の宝と言われるようにならなければいけませんねえ」

後半は独白めいた言葉になりながら、世の中を回すのがいつまでも米ではないであろうという思いが、しきりにこみ上げてきた。事実、大坂《おおさか》の有力両替商によって幕府の御用両替を行う十人両替が制度化されのは、過ぐる寛文十年のことであった。

時代はすでに動いていた。


加賀屋与助が酒田湊に帰着して程なく、大山村への米の輸送が始まった。

最上川支流でその頃使用されていた平太船《ひらたぶね》と呼ばれた小船が連日、赤川をのぼった。

平太船は二人乗りで、米百俵を積んだから、数日で十艘の平太船が米を満載して大山村に向かったわけである。

川沿いの集落では、時ならぬ上流への大量の米輸送に驚き、人々が川岸に群れをなして見送った。

与助のもとには、江戸の河村瑞賢《ずいけん》からほとんど十日に一度は便りが届き、海運計画への経過がつぶさに知らされた。

幕府では相変わらず幕閣の間に反対が多く、瑞賢が予想した通り、古参の老中・稲葉美濃守正則の反対意見に同調する者もいて、難航しているようであった。

それでも寛文十年の冬になって、ようやく瑞賢河村十右衛門に新しい海運の開発につき、幕命が正式に下った。

しかしその内容は大規模な西回り・東回り海路には程遠く、わずかに奥州信夫《しのぶ》郡桑折《こおり》、柳川《やながわ》、福島《ふくしま》などの御料米数万石を江戸に回漕するという実験的なものであった。

その距離においても、壮大な西回り海路の五分の一にもならなかった。

だが、瑞賢はこの試みを、今後の海運計画推進の鍵《かぎ》となるものとみた。もし、この短距離の海運が成功しなければ、海運計画はそこで挫折《ざせつ》してしまうにちがいなかった。

瑞賢はそう考えて、万全の準備をすすめた。

まず多くの使用人の中から、手代磯田《いそだ》三郎左衛門《さぶろうざえもん》以下四人の才覚ある者をえらび、江戸から磐城《いわき》・荒浜《あらはま》までの湊をつぶさに視察させた。

その結果、荒浜を出帆した船の寄港地として常陸《ひたち》の平潟《ひらかた》、那珂湊《なかみなと》、下総《しもうさ》の銚子《ちょうし》、安房《あわ》の小湊《こみなと》を選定、それぞれに立務場を置いて船と積み荷の保護に当たらせること。また房州からはこれまで海岸に沿って江戸湾に入ったが、湾口の遭難に備えて、いったん相州三崎《みさき》か豆州下田《しもだ》に至り、西南風を待って引き返して江戸湾に入る方策を立てた。

一方で、幕府を通じて沿道諸侯に城米輸送船の保護を遵守させることを忘れなかった。また千石船にはもっとも堅牢《けんろう》だとされる伊勢《いせ》、尾張《おわり》、紀伊《きい》の商船を雇い入れて、熟練した水夫をえらび、船員の妻子を保護して後顧の憂いをなくするなど、さまざまに新奇の策を採った。これは、加賀屋与助の助言によるものであった。

寛文十一年春、江戸出発に先立って、瑞賢は、船を荒浜に回航させると自らは陸路を荒浜へおもむき、城米の川下しを監督した。

こうして同年の五月には、ぞくぞく千石船が荒浜を出帆したが、瑞賢はそれより先に沿岸の各立務場を訪れては、その備えを確認している。

七月に入って、千石船がぞくぞく江戸に到着した。

わずかの損傷もなく、日数も従来の比ではなかった。実験的な東回り海路はみごとな成功を収めたのである。

だが、表沙汰にならない事故が一つあった。荒浜まで下調べに訪れていた瑞賢の手代の一人、浜田久兵衛《はまだきゅうべえ》が何者かの手によって、秘《ひそ》かに殺害されたことである。

荒浜で調査を終わった久兵衛が、明日は江戸に向け出発するという日の夜、陸前領にほど近い町でしたたか酔ったすえ、土地のならず者たちと喧嘩《けんか》になり、殺されたというのである。

しかし、久兵衛たちの喧嘩を目撃した何人かの人々は、ならず者たちの間に立派な身なりの侍が混じっていたと洩《も》らしており、致命傷となった刀傷があきらかに腕の立つ武士のものであったと言う人もいた。

瑞賢の便りは、そのように伝え、人を殺めてまで海運を阻止しようとする有力幕閣、あるいはそれに和する者たちへの激しい憤りをかくさなかった。


時は迫っていた。

来年の寛文十二年春に西回り海運の第一船を船出させるには、まず、今年産米川下しの手筈《てはず》を早急に整えておかねばならなかった。季節はすでに初夏であった。

加賀屋与助はそんなある日、町組警備組の少女那美を連れて酒田舟を出し、最上川をのぼった。

目指すは最上川の川岸差配を一手に請負う大石田川岸である。

最上川は米沢藩領の吾妻《あづま》山中を源流とし、羽前国を縦断したすえ酒田湊で日本海に注ぐ、総延長ほぼ六十里の大河である。早くから舟運が栄え、左沢《あてらざわ》川岸以西の中、下流で物資の輸送が活発であった。

大石田川岸は中流部にあたり、最上川岸最大の集落であった。本町、四日町など四つの村に分かれ、戸数は三百五十、持ち舟は二百六十四艘を数えた。

夏の日にしては珍しい西風を受け、与助の酒田舟は滑るように山あいを帆走する。

やがて難所といわれる最上峡にさしかかると、険しい山が両岸に迫り、木々のさまざまな緑色が与助と那美の目を楽しませてくれる。川には大小さまざまの岩礁が多く、その周囲では川水が複雑に渦を巻いていたが、船頭はそんな川筋を巧みに乗り切っていく。

睡気を催すような心地良さであった。

与助はついうとうととしながら、微風が頬をよぎる快感に身を任せていた。

そばでは那美が、背にかけていた火縄銃を下ろし、しきりに銃身を小切れで拭いている。

那美は、この火縄銃を片時も離さないのである。

最上峡を出て、遠く北に新庄城を望むと、やがて大石田の川岸に至った。

本町の波止に舟を留め、与助は那美を促して村に入った。

白壁の美しい家屋が多い。

三百五十の家屋のうち半分は舟運に従事する舟方であったが、あとの半分は百姓だった。交通の要所だけに物流がさかんで、農業というより半ば商取引で財をなした大百姓が多かった。

与助と那美はすぐに、この村で舟運の肝煎《きもいり》をする高桑金蔵《たかくわきんぞう》の家に向かった。

金蔵の家には、すでに何人かの肝煎、舟差が集まって酒盛りの最中であった。

二人は土蔵座敷に招じ入れられ、丼になみなみと注いだ濁り酒を振る舞われた。

ここに訪れる前に、与助は肝煎代表の金蔵あてに用向きを伝えていたので、今日はそれについての回答が得られれば、それで良かった。

与助は、舟人の相手をする時には、まずその懐に飛び込む事が肝心であることを良く知っていた。舟人とともに酒を汲《く》み合うことはその第一歩であった。そこから、話は始まるのである。


酒盛りは与助と那美を迎えて、すぐに賑《にぎ》やかになった。

美少女の那美が殊のほか大石田衆を喜ばせたようであった。

「今日は思いかけず酒田湊の別嬪《べっぴん》さんのお酌で酒盛りだ。これは長生きができるべなあ。

……それにしても、那美さん、しばらくでねえか。よう来てくれたなあ、この大石田までよう」

舟差の柴田仁兵衛《しばたにへえ》が赤い顔になって、すぐに那美に声をかけた。

「いいえ、大石田の皆さまには、ほんにお世話になっておりますから」

那美がすぐに、にこやかな表情で答え、仁兵衛の丼にまた酌をした。

「那美さんが来るなら、おいらが大石田舟で迎えに行ったのによう」

と、今度は若い舟差の富樫長三郎《とがしちょうざぶろう》が勢い込んで言った。

「長三郎は調子のよいことを言って。……お前の舟になど、危なくって乗れねえよう」

と仁兵衛が揶揄《やゆ》するような言葉。

「また、それを言う。この冬だけは特別な気候だったで。それ、弘法も筆の誤りというじゃねえか」

「長三郎が弘法さまじゃ、真言宗の宗徒たちは狂い死にするんじゃねえべか」

そう言って、仁兵衛は笑った。

釣られて一同が大笑いとなった。

「長三郎さんは秀れた舟差。その舟に間違いがあったとは思えませんが」

与助は長三郎と仁兵衛の顔を交互に見ながら口を出した。

「ええ、それなんですがの。昨年はあの通りひどい天候で、この冬はわたしたちが経験したことのないほどの豪雪でがした。……そのため、春になったら、最上川の川筋がすっかり混乱してしまってなし、浅瀬や岩々の位置が狂ってしまいました。そこに船頭として一番棹《ざお》を入れた長三郎の舟がなし、この先の三河瀬《みかのせ》の難所で、浅瀬に乗り上げてしまったというわけなんですちゃ。……長年、川になじんで来た大石田衆といえども、自然の猛威には敵《かな》いませんわ」

「最上川は名にしおう暴れ川ですからねえ」

岡村十右衛門《おかむらじゅうえもん》という老年の肝煎の説明に、与助はすぐ答えた。

最上川は、富士《ふじ》川、球磨《くま》川と並んでわが国最大の急流といわれた。川の表面は時が過ぎて行くようにゆったりと流れているのだが、その底は滝のように速い流れである。川に足を浸したときなど、その流れの速さで転倒することさえあった。

「加賀屋さん、その自然の猛威に順応してきたのが、おいらたち大石田川岸の舟人だったんですが、おいらのちょっとした不注意でした。ほんとに恥ずかしいことですわ。……なれですべなあ。なれで、つい川を甘く見てしまう。……おいらなど、まだまだ未熟者だと思い知らされましたちゃ」

長三郎は神妙な様子で言った。

「それは、良い話です。そうして反省なさる所は、さすが、大石田の舟人というものです」

与助は、そう言って、長三郎の肩を軽く叩《たた》いた。

話が跡切れたところで那美が大徳利をもってつぃと立ち上がり、一人ひとりに酌をして回る。

二人の肝煎に注いだあと、那美は若い長三郎の側に坐り、その丼になみなみと濁り酒を注いだ。

「あ、どうも、どうも、ありがとう。……そういうわけでなあ、那美さんよ。……おいらは、もっともっと舟操《ふなづか》いの腕をみがいて、いつか、大きな大石田舟で那美さんを迎えに行くべえ、酒田湊によう。水夫《かこ》やら舟子やらをいっぱい引き連れてなあ、にぎにぎしく迎えに行くべえさ」

長三郎は生まじめな顔で那美をみつめながら、言った。

「はい、ありがとうございます。大石田の皆さまのためなら、いついかなる時でも、喜んで、酌に参りますよ」

と、那美のはずんだ声。

「おお、それは嬉しいなあ」

その言葉に長三郎はしきりに感激してみせた。

そんな長三郎を、こんどはやや酔いがまわったのか、脂ぎった顔の仁兵衛がからかった。

「長三郎はまだそんなことを言ってる。自分の腕を棚に上げて、よっぽど那美さんを舟に乗せてえんだな」

「おお、そうよ。わしら舟人には、自慢できるものなぞ、舟しかないべ。男一匹を賭けた大石田舟に、ぜひ乗ってもらいたいちゃ」

「おめえ、もう酔ったんじゃねえか」

「いや、まだまだ。おいらは酔ってなんかいねえぞ」

仁兵衛と長三郎の掛け合いはしばらく続いた。

この二人の舟差は普段から冗談を言い合っている良い仲間同志なのであろう。与助はそう思い、終始笑みを二人に向けていた。

純朴で仕事熱心な舟人たちであった。

最上川の舟運は、昔からこれらの舟人たちによって支えられて来たのであった。

またひとしきり盃のやり取りが続き、座がにぎにぎしくなったが、取り乱す者はいなかった。やはり舟人たちはひどく酒に強かった。

那美は、その細みの体をあちこちに気軽に運び、酌に回っていた。少し濁り酒をすすめられたのか、顔が上気したように火照って、官能的にすら見える。

「加賀屋さん。……那美さんも、もう嫁に行く年ではありませんかなあ。これだけの娘さんだ。三国一の婿どのをさがさねばなんめえな」

肝煎の高桑金蔵が、ふと与助に向き直って言った。

「そうだ、そうだ。酒田湊に三国一の婿どのが居ねえときはよう、おいらたちが舟で国中を探してやるべ」

すぐ賑やかに囃《はや》し立てたのはやはり長三郎であった。

「だが娘御とはいえ、那美さんはあれだけの鉄砲使いだ。そんじょそこらの優男《やさ》ではつとまらねえべ。……やはり、侍かなあ。那美さん、どうだべな?」

那美は、ひどく困惑した表情で俯《うつむ》いてしまった。

「那美さん、加賀屋の旦那のおりなさる所ではっきり言った方がええだよ。……おいらも、ぜひ聞きてえ」

長三郎が、そんな那美を促した。

「わたしは、嫁には行きません。一生、加賀屋の旦那さまにお仕えし、湊の町衆とともに生きたいと存じます」

那美はか細い声で言うと、与助に縋《すが》るような視線を向けた。

与助は那美の表情にただならぬものを感じていた。

それは、自分に向ける思慕の気持ちなのだと気付かされていた。

唐《から》の血を引く那美は元気な娘であった。酒田湊の町衆に混じって立ち働く姿からは、何の屈託も感じられず、町衆で那美の一家を差別することもあり得なかった。

だから与助は、常日頃から那美に目をかけ、どこへでも伴った。

だが、あるいは那美の多感な年齢を忘れていたのかもしれなかった。

落度は自分にあった。

与助とて、まだ三十五歳の男盛りで、美しい少女に惹《ひ》かれるのは自然のことなのだが、上に立つ者が、特定の者だけに目をかけてしまうのは、やはり間違いのもとであった。

与助は、そんなことをしきりに自省しながら、何気なく那美に頷いてみせた。

「嫁に行かないと言っても、いつまでも、そうは行くまいがなあ。……やはり那美さんは、おじいちゃん子だったから、若い男には興味があまりないだかなあ」

金蔵がつぶやくように言うと、

「わたし、困ります。……そんなお話困ります」

と那美は口走り、急に席を立ってしまった。

与助は、那美が涙ぐんでいたように思ったが、その涙に気付いたものはなかった。

那美が別室に去ると、宴席は終りに近づいたようであった。

座が静かになったとき、与助は高桑金蔵の前に進み出て、正座しなおした。

「肝煎さん。……川下しの話ですがねえ。お知らせしたとおり、これからは、この出羽の総《すべ》ての御料米が大海路で一気に江戸まで運ばれることになります。毎年、春彼岸から秋彼岸まで、西国から来る千石船に荷を積んで、七百七十里の海路を行くことになります。……そのためには、毎年二月までには、川下し舟がすべて酒田湊に到着しなければなりません。今後、川下しは御料米を一番とし、私領米、商い荷は後回しとなるわけです。もちろん御料米回漕の間、川筋の狩猟、漁撈《ぎょろう》はいっさい禁止されます。……大石田の皆さまには、何とか、大海路を開くためにご協力をいただきたいのです」

与助は熱心に語った。

語るうちに一座は静まり返り、舟人たちが神妙な表情に返って、与助に耳を傾けた。

そして与助の言葉が終ると、すぐに、金蔵が手拭いで一度顔をぬぐい、きっぱりと答えた。

「加賀屋さん、わしらには江戸がどうの、商いがどうのという話は、よく分からねえ。だが、加賀屋さんが命を賭けてやることだと言うのだから、わしらは黙って協力させてもらうべ。……加賀屋さんに連絡をもらってから舟人たちを集めて相談もぶった。正直いって川岸衆の中には、不安を感じている者もいるらしい。……加賀屋さんら商人と話し合って仲良くやって来た川下しに、ご公儀が入り込むことになれば、いろんな事で揉《も》めごとが起きる心配もないではないべ。……だが、わしは決めた。ここは加賀屋さんら酒田湊に賭けてやってみるべえと心に決めたんだ。あんたらに背を向けては、義理が立たねえ。大石田川岸の名がすたるというものですちゃ」

金蔵は一気に、力を込めて言った。

「金蔵さん、ありがとう、ありがとう」

与助は思わず金蔵の手を取った。

「おいらにも、異存はねえ」

長三郎が大きな声を出した。

続いて、居合わせた人々が口々に長三郎に同調した。

だが、柴田仁兵衛だけが言葉を濁していた。

「仁兵衛、お前はどうだべ。言いたいことがあるなら、何でも言ってみろ」

金蔵が仁兵衛に声をかけた。

「はあ。……肝煎がやるべえというなら、わしも異存はねえが、……ただ……」

と、そこで言葉を切った。

「ただ、何だね」

仁兵衛はやや言いにくそうにした。

「へえ。……ちょっと、へんな噂があるもんで、そいで乗方衆が騒いでいるでなあ」

「川岸差配権のことか」

金蔵がすぐに詰問するような口調で反問した。

「へえ」

仁兵衛は消え入るようなか細い声で返事をしてから、心を決めたように真直ぐ顔を上げた。

「最上川の川下しは、言うまでもなく、この大石田川岸にぜんぶ請負の権利が与えられてきましたが、今後ご公儀の介入によってそれが崩れてしまうべえと、たいそう心配している船頭衆や水主《かこ》もありましてなあ。……すでに、上流の上郷《かみごう》や寒河江《さがえ》の川筋衆が、陣屋に願い書きを出しているという噂もありますほどで、はあ」

仁兵衛はそこまで言って言葉を切った。

そのことについては、他の肝煎、舟差も多少の不安を持っていたらしく、一瞬、座は静まり、舟差たちが金蔵をそっと窺《うかが》うようにした。

最上川は当時、上流部を松川、中流を最上川、下流を酒田川と呼んでいた。最上川舟運というのは、おもに中流、下流の舟運のことであった。

舟運は御城米下しの代償として商荷輸送の特権が付与されており、差配する川岸に船運賃などの決定が独占的に任されていた。

最上川の差配は、初め酒田湊よりほぼ三十五里の清水川岸が任されていたのだが、慶長十九年清水城主の最上義親の反乱で、差配地は酒田湊より四十二里の大石田川岸に移されたのであった。

だが、その清水川岸をはじめとした各川岸が舟運差配の権利をめぐって暗躍しており、そのつど大石田川岸は、それらの動きを阻止しなければならなかった。

舟差の柴田仁兵衛が心配したのも、そのことであった。幕府が強力に介入することになって、差配権の保護が危うくなるのではないかという危惧があった。

しばらくして、金蔵が重い口を開いた。

「それは、わしも聞いていないわけではねえ。……だが、仁兵衛。それはなあ、時代というものだべ。……今度のご公儀介入による川下しとは無関係なことだべな」

金蔵の言葉は、自分を納得させようとしているようでもあった。

「今まで、大石田川岸が最上川の川下しを独占してきたのには理由があった。それは、一つには、大石田が川舟を多く持っていたということだ。舟運が今より盛んになれば、どこでも舟を持つようになるのは自然の流れだべ。そうなると、大石田だけに一人占めされていた川下し請負の権利が欲しくなる。……これは、もう人の力で止めることはできねえ。ご公儀直接の米回漕がなくとも、遠からず、そんな時代は来るものと考えなければなるめい。……お前も加賀屋さんの文《ふみ》を読んだべ。加賀屋さんは、こんどの御料米大回漕には命を賭けてござる。そのことが大海運の時代を拓《ひら》き、国を富ませ、わしら民をも富ませることになるとおっしゃる。……わしらが、この川筋の独占を永久に続けて行こうとするのは、たんに、この川筋の欲だべ。……加賀屋さんの存念にくらべて、わしらの欲は少し小さ過ぎねえか。小さく、ケチで、わしは消え入りたいほど恥ずかしいのよ。……わかるか、仁兵衛。いま、大石田が大海路の時代に背を向けて、協力しないとなったら、これは末代までの恥だべ。わしは、そう思う」

金蔵は切々と説いた。

「それに、仮にわしらが協力しなければ、どこかの川岸がそれをやることになる。そうだべ、仁兵衛」

仁兵衛は、その言葉を聞くと、すぐに清々《すがすが》しい表情となり、金蔵に向かって深々と頭を垂れた。

「肝煎のお話、身に沁《し》みて、よく分かりました。肝煎のおやじさんが、そこまでお考えになっているとしたら、わしに否やはありましねえ。……わしは、間違っていやした」

仁兵衛はもう一度辞儀を繰り返した。

その時、高桑宅の裏庭あたりで、人々の立ち騒ぐ音が聞こえ、はっきりした叫び声が耳に届いた。

「肝煎、ご公儀の言いなりになるのは、あぶねえ」

「上郷、寒河江に川筋の請負を取られてはなんねえ」

入り乱れた叫び声の中に、そんな言葉が混じっていた。

多くの舟方衆が、やはり差配権についての不安を持って、肝煎の高桑邸に押しかけて来たようであった。

仁兵衛が一同に軽く頭を下げてから立ち上がり、すぐに奥に消えた。

やがて、奥の方で、仁兵衛が人々に話しかける声が低く聞こえてきた。

「みんなの意見は、肝煎のおやじさんに伝えた。川筋請負が、ほかの川岸に取られるかどうかは、わしら、みんなの頑張り次第なんだちゃ。分かるか。いま、大事なことはな、ご公儀の川下しを、みごと成功させて、大石田の名を高めることだ。いいか、みんな。肝煎はそう言われた。……わしは、肝煎のおやじさんとともに、ご公儀の川下しを精いっぱいやることに決めた。いいか、肝煎はなあ、いま大石田衆が、この川下しに協力しなければ、大石田川岸の名がすたると申された。……いいか、良く聞いてくれ。これからの川筋請負のことと、ご公儀の米回漕は関係がねえ。まるっきり別の問題だ。請負をこの地で続けて行くには、わしらみんなが努力するしかねえ。分かったか。……これからのことは、総て肝煎のおやじさんにまかせるべえ。わしら舟差は、そう決めた。どうだ、みんな。あとは、肝煎とわしら舟差にまかせて貰えねべか。まかされねえという者は、残念だが、川岸から去ってもらうしかねえ」

仁兵衛の声は、人が変わったように凛としていた。仁兵衛の気持ちの中で、何かがふっ切れたかのようであった。

人々の叫び声が入り乱れ高まった。

「ほんとに大丈夫か」

「請負の権利は、ほかにやれねえ」

といった声に混じって、

「分かった」

「たのむぞ」

「肝煎のおやじさんにまかせるべ」

といった声が大きくなり、それが主流になってきた。

やがて人々は、まだざわめきながら立ち去る気配であった。

そして、静寂になった。

しばらくして、仁兵衛が座敷に帰ってきて、何事もなかったように目礼して坐った。

「お聞きの通りでございます。加賀屋さんにはありのままの姿を見てもらおうと思いましてな。……とにかく、川下しはわしらの全力でやらせていただきますよ。……来年の冬から、この地の二百六十四艘の川舟を挙げて御料米下しに参加いたしますべ。ご安心くだせえよ」

金蔵がきっぱりと言った。

「ありがたいことでございます。いろいろ心配をおかけして、申しわけございません」

与助は坐り直して正座となり、一同に頭を下げた。

「なんの、なんの。……さあ、これで決まった。みんなで、固めの酒といくべえか。長三郎、お前、那美さんを呼んで来なせえ」

長三郎がにこにこしながら席を立った。

やがて、長三郎と那美が、大徳利を並べた盆を持ち現れると、宴はすぐに再開された。

「おめでとうござんした」

舟人たちがやや緊張した面持で盃をあげた。

だが席は再び乱れ、若い長三郎が立ち上がった。

「今日は滅法、酒の酔いが早いようですちゃ。一つ、にぎやかに舟唄でもうたうべか」

と言うと、例のとおり仁兵衛が長三郎をからかった。

「おう、やれやれ。長三郎は喉《のど》だけは川岸一番だでなあ」

「けっ、喉だけですべかなあ、一番は」

「人間一つだけでも一番のものがあれば文句はねえべ」

「ますますいけねえや」

仁兵衛と長三郎の掛け合いに、一同大声で笑い合った。

屈託のない舟人たちの笑いであった。

長三郎の朗々とした舟唄が始まった。

那美がそれに和して、さかんに手拍子をとっていた。

塩飽島《しわくじま》

寛文十一年の秋、加賀屋与助は遠く四国の讃岐《さぬき》国にいた。

備讃諸島を見渡す丸亀湊《まるがめみなと》で土地の船頭の操る小舟に乗り、塩飽《しわく》諸島の中の牛島《うしじま》に向かっていた。

河村瑞賢《ずいけん》の手代として海運調査に当たってきた雲津六郎兵衛《くもつろくろうべえ》が一緒であった。六郎兵衛とは丸亀の城下で落ち合ったのであった。

瀬戸内百里の狭い海域には三千を超える島々がひしめいているといわれる。

今日は空気の澄んだ秋日和《あきびより》で、濃紺色の海上には空から振り撒いたように大小さまざまの島が点々と横たわっていた。

山頂あたりまで良く耕された大きな島、緑の林に覆いつくされた小さな島。奇妙な形をした島など、さまざまであった。

このうち備讃瀬戸に点在する大小二十八の島々を塩飽諸島と呼んでいた。古代から製塩が行われていたところから「潮焼《しおや》く」が転訛《てんか》して、この呼称が生れたという。また一方では速い潮流が島にぶつかって湧《わ》くように見えるので、「潮湧《しおわ》く」の言葉が訛《なま》ったものとの説もある。

確かに今も、左右から潮流が鬩《せめ》ぎ合い、沸き立つような三角波に、小舟が何度も乗り上げられた。

牛島は塩飽諸島の中でも、もっとも丸亀寄りで、城下からほぼ一里ほどの海上にある。周囲二里に充《み》たない小島であった。

与助と六郎兵衛は、近付く牛島の緑濃い島影をみつめていた。

「佐渡《さど》の小木《おぎ》、能登《のと》の福浦《ふくうら》、但馬《たじま》の柴山《しばやま》、石見《いわみ》の温泉津《ゆのつ》、長門《ながと》の下関《しものせき》など、それぞれの寄港地は準備がすすんでおりましょうか」

与助は、六郎兵衛の横顔に声を掛けた。

六郎兵衛は先年より長浜からの東回り海路にも従事して、すっかり陽焼けしていた。

「はい。加賀屋さんのご提言による寄港地の準備は着々と進んでおります。大船の避難に備えた波止の整備や、係り役人の手当てもほぼ済んだようでございます。……それに、加賀屋さんに言われたごとく、各湊の入港税は撤廃することと相成りました」

六郎兵衛が、海上から与助に視線を戻しすぐに言った。

「これまでの千石船は、湊々に避難しようと思っても、入港税の徴収があるために無理をして航海を続け、海難に遭いました。入港税の撤廃は上々でしょう。入港税がなければ、船頭たちも喜んで寄港地に入るでしょう」

与助は明るい声で言った。

「ご公儀代官のおられるところはまず問題はないでしょうが、心配されるのは沿道諸国の各大名の動きでしょうね。一糸乱れぬ御料米保護策が不可欠です」

「ご公儀はこの冬にも、沿道諸侯に対し、海難防止と御料米保護の通達を出すようでございます。初回漕《かいそう》の折には、手前主人の瑞賢がご公儀名代として、各領を視察することに相成りましょう」

「ああ、それは。……瑞賢どのには、ご苦労なことでございます」

「主人瑞賢は、最後のご奉公と張り切っております。近頃はすっかり若返り、それはたいそう口煩《うるさ》くなりました」

六郎兵衛はそう言って、口の中で笑った。

与助と六郎兵衛は牛島で、島きっての船持といわれる丸尾五左衛門《まるおござえもん》を訪ねる予定であった。西回り海路の一番船を、丸尾五左衛門の持船の中から選ぶつもりであった。

塩飽の船は屈強といわれていたが、とくに牛島の丸尾船は北国まで聞こえた堅牢な千石船であった。

与助は一度大坂《おおさか》から丸尾船に乗り合わせてその安全性に目を瞠《みは》ったことがあった。普通の千石船に較べてやや船幅があり、不格好なずん胴型なのだが、格段に揺れが少なかった。そして豪快に水を切った。八百里の大海路を乗り切るのは丸尾船をおいて他にはないと惚《ほ》れ切っていた。

緑濃い牛島がぐんぐん近づいていた。

「それにしても、よくここまで漕ぎつけられました。杉浦正照さまのご苦労もひと方ならぬものでございましたでしょう」

与助は、牛島の埠頭を眺めやりながら言った。

「はい。聞くところでは、杉浦さまは頑冥《がんめい》な幕閣の中で孤軍奮闘だった由にございます。何せ、莫大な費用を注ぎ込んできた御料米回漕のことですから、それなりに幕閣が甘い汁を吸ってきたのでしょう。連日の閣議では誰一人杉浦さまに味方する者はなく、危うく筆頭ご老中の稲葉正則さまに押し切られる寸前だったそうでございます」

「稲葉さま初め他のご老中さまたちは、これまで通りの海運でよろしいと言うのですか」

「いえ、いえ。海運刷新の必要性は認めながらも、具体論になると、言を左右して反対なさる」

「埒《らち》もないことです。……従前通りのやり方から少しはずれると大騒ぎなさるのはお役人の常ですねえ。……商人《あきんど》には考えられないことです」

「はい。それに利害が結びつけば、途方もない方向に走り出してしまいます」

六郎兵衛の柔和な顔に、ふと激しい怒りの表情があらわれ、すぐに消えた。

「杉浦さまは、すでに二度、何者とも知れぬ刺客に襲われております。幸い怪我《けが》もなく済みましたけれども、危ういところでした。幕閣の誰かに雇われた食いつめ浪人の仕業でしょうが、姑息《こそく》なことをするものです」

「すでにあなたのお仲間の方が何者かに刺殺されているでしょう。……東回り海運の調査に当たった手代の方が……」

「ああ、主人からお聞きでしたか。……ほんとに、腹が煮えくり返るほど口惜しうございます」

「その刺客たちは米沢浪人を名乗っていませんでしたか」

「ああ、あの伏嗅組《ふしかぎぐみ》と名乗る浪人たちのことですね。いえ、磐城の刺客は名を名乗ってはいないようでした。どうせ寄せ集めの浪人たちと思いますが」

「そうですか。……杉浦さまはじめ瑞賢どのも、手代の皆さまも命を賭けておられるのですねえ。磐城からの東回り回漕が成功したことで、公には反対しづらくなっておりましょうから、これからはますます姑息な手段で、我らの計画を潰しにかかりましょう。……とにかく、西回りの大海運を急がねばなりませぬなあ」

「はい。一日も早く実現しなければなりませぬ」

与助と六郎兵衛は大きく頷《うなず》き合った。

牛島の波止は、変哲のない入り江に過ぎなかった。だが、入り江の影に係留されている大船小船はまぎれもなく船腹の太い丸尾船にちがいなかった。

与助と六郎兵衛は、波止で人に聞いたとおり、まっすぐ島の中央部の丸尾五左衛門の館に向かった。

広大な屋敷を低い石塀が囲んでいた。

家屋もまた数十の部屋がありそうな広さで、黒瓦《がわら》、白壁が陽に反射している。江戸でいえば千石取りの旗本屋敷といった風格であった。

もともと塩飽諸島は遠く信長、秀吉の時代から「人名《にんみょう》」と称する特権を与えられていたらしく、百姓でも漁師でも町人でもない、独自の地位を保証されていた。

島々には六百五十人ほどの「人名」がいて、時の覇者の御船手御用を勤めたとされる。いわば、どの大名にも属さず、幕府の直轄領でもなく、海運操船の技術だけを提供して、独立自治制度を維持した島であった。その意味では、商人たちが頑《かたく》なに自治制度を守る酒田湊と似かよっていたといってよい。与助は、そんな「人名」の館を興味深く見つめた。

しかし丸尾五左衛門という当主は、そんな格式を少しも感じさせない腰の低い男であった。五十歳を一つ二つ超えたぐらいであろうか。陽に焼けて精悍《せいかん》そうな体と、やや鋭い眼差しを除けば、商人にでも居そうな風態であった。

与助と六郎兵衛はすぐに屋敷に招じ入れられた。

「塩飽の千石船をお探しと承わった。わしらの船は主に島と島を繋《つな》ぐもので、遠出しても大坂や博多じゃけんね、今、大急ぎで新しい船を建造しておりやすよ」

開口一番、五左衛門は事もなげに言った。

「それでは、北国から瀬戸内を回り、江戸まで御城米を運ぶ海運計画はご存知でしたか」

与助は思わず身を乗り出した。

「あい。よく承知しておりますわい。……わしら塩飽の海に生きるもんには、各国からいろいろな知らせが入りやす。海に関することならば、わしらの知らぬことは何一つありませんわい」

五左衛門は笑みを浮かべながら答えた。

「ほう、それは」

六郎兵衛もさすがに敬服の面持であった。

大海運計画は、幕府を中心にして、河村瑞賢の手の者と酒田湊の関係者との間でほぼ内密に進めてきたものであった。その準備を進める中で多少人々の口にのぼることはあっても、瀬戸内の島にまで届いているとは意外なことであった。

「塩飽衆の中にはなあ、請われて御船手組を勤めてきた我らの地位が損なわれるのじゃないかいなと、心配する向きもある。じゃが、わしは、そう思わない。……海は我らだけの海じゃないと思うとる。じゃけんね、北の津軽《つがる》からでも出羽《でわ》からでも、どんどん船が来ればええ。そうすれば海運も盛え、人の行き来も繁くなる。我らの生きる道も大きうなると思うとる」

五左衛門は相変わらず微笑しながら淡々と続けた。

「じゃがのう、船は塩飽のもんでなければならねえ。……決して自慢するのではないがのう、塩飽の大船は日本一じゃ。わしはそう自負しとる。……じゃけんね、わしは今、新しい大船を本島《ほんじま》で造っておるのじゃよ」

「大海路のために、新しい大船を建造してくれているのですか」

与助が再び身を乗り出した。

「そうじゃよ。これまでの千石船では多少心もとなかけんね、も少し安心でける船を造っておりやす。本島でぜひ一度見て下さいな」

「ほう、新造船ですか、それはありがたいですねえ」

六郎兵衛もまた眼を輝かせた。

「新造船いうてものう、これまでの弁財船《べんざいせん》の船首のソリを大きくし、淦間《あかま》の幅を拡げただけですがな」

五左衛門はそう言って、両手を大きく広げてみせた。

淦間とは、和船の中央部に当たる低い部分で、水垢の溜まるところをいう。

当時幕府は鎖国政策をとると同時に船にも制限を加え、一枚帆の弁財船が許容の範囲であった。だから当時の和船は遠洋航海には向かず、もっぱら沿岸航海だけにとどまった。こうした制限の中で、五左衛門の新造している千石船は全体的に船幅を大きくし、ドングリ型の安定性に富むものとなったほか、荷物は中央部の胴の間を中心にして脇の間、三の間にも積載可能で、実際には千五百石は運ぶことの出来る大船となった。

なお弁財船とは、中世末期から瀬戸内で使われていた船で、江戸時代に入って大型化した。後には他国の大船と同じく千石船と総称されることになる。

「して、その新造船はどこに行けば見られますか」

与助は、茫洋《ぼうよう》としていながら船に関しては適確な判断を持つ五左衛門を頼もしく感じながら、いそいで聞いた。

「あい。この島の北にある本島の波止にありますけん、すぐに分かります。まあ、一度見てやってくださいい。……今年いっぱいには完成して、来年の春彼岸までには必ず、加賀屋さん、出羽の酒田湊にやりますよ」

「そうですか、それは何よりありがたいことです。私は早速その本島に渡って、新造船を見せてもらいましょう」

与助は大きく頷いて言った。


牛島に用が残っているので後から行くという雲津六郎兵衛を残し、加賀屋与助は小舟で本島に渡った。

本島は、牛島からさらに一里半ほど北上した海上に黒々と横たわっていた。大きな島であった。

ここも瓦屋根、白壁の美しい大きな家が多く、波止の規模も大掛かりであった。

波止の端に大きな岩礁が一つ聳《そび》え立っており、その向こう側が造船場にしている平坦地のようである。

与助は渚《なぎさ》に降り立ったその足で、すぐに造船場に向かった。

岩礁の裏手に出た所で急に風が凪《な》ぎ、二町ほどにわたってゆるやかに傾斜するその中腹に、建造中の弁財船が置かれている。

ほぼ全容を現した新造船は、五左衛門が言ったように幅の広い奇妙な船で、全体に達磨《だるま》のようにずんぐりした格好であった。

だが北国から越前《えちぜん》、若狭《わかさ》、出雲《いずも》、石見と下関を経て瀬戸内、摂津《せっつ》に至る長大で過酷な海路を思えば、安全に過ぎるということはない。とくに絶対に失敗の許されぬ初航海はまず安全が第一である。与助は、しばらく造船場の砂地に佇《たたず》みながら、祈るような熱い視線を新造船に送っていた。

長い時が過ぎたようであった。

ふと、頬に冷たい風を感じて、与助は我に返ったように立ち上がった。

夕暮れが近づいていた。

与助は、その姿を瞼《まぶた》に焼きつけるかのように再度新造船を振り返り、そして静かに歩みだした。

集落に近づくと、塩飽勤番所の建物はすぐに分かった。丸亀藩五万石の御用を勤める勤番所は風格のある家並みの中でも一際目立ち、江戸の旗本屋敷を思わせる。

白壁のめぐらされた長屋門を入ると、正面に母屋、左側奥に御朱印蔵があり、与助は迷わず母屋の玄関に入って行った。

奥で四人の町年寄と思われる人々が書き物に没頭する姿が見える。

「ごめん下さいまし」

与助は丁寧な言葉を掛けて奥に進もうとした。

そのとき、執務室の横の土間から数人の武士が走り出て、すぐに与助を取り囲んだ。

「その方は、羽州商人、加賀屋与助であるか」

と、年嵩《としかさ》の武士が鋭い声を発した。

「はい。加賀屋与助にございます。ご公儀の命により、塩飽船の調達に参りましたので、ご挨拶にまかり越しました」

与助は腰を低くして答えた。

「だまれ。その方、ご公儀の命により塩飽船の調査に来しと偽る不届き者。そのような事は当勤番所では聞いておらぬ。胡乱《うろん》な者として捕縛する。まっすぐに縄につけえ」

その武士が一喝して取り囲んだ武士たちに目くばせすると、数人の若い武士が与助に殺到し、無抵抗の与助を何なく縛りあげた。

「ご無体な。これは何かのお間違いでございましょう」

与助は、澄んだ目を年嵩の武士に向けた。

今度の西回り大海路をめぐっては、幕府幹部に反対がある以上、事が単純に済むとは思っていなかった。

まして遠国の讃岐の地で何が起きても不思議はなかった。

与助は、この西回り海路にすでに命を賭けていた。この国に大海路網が張りめぐらされ本格的な商業時代さえ迎えられれば、商人は闊歩《かっぽ》して生きられるはずであった。理不尽な武士中心の世も終わりを告げるのである。

与助はその捨て石になるつもりで、これまで努力してきた。

何の悔いも恐れも、与助にはなかった。

「だまれ、だまれ。……ご公儀のある筋より、羽州酒田湊の加賀屋与助と、江戸商人、河村十右衛門の手の者が立ち寄りし際はすみやかに召し捕るようにとのご指示が届いておるのじゃ。その方の申し分なぞ聞く必要もないわ」

その武士は居丈高に叫んだ。

「河村十右衛門どのまで召し捕れとは解せませんね。……して、私へのお疑いは何でございましょうや」

与助の落ち着きはらった言葉に、武士はやや激昂《げっこう》したように顔を染めた。

「そんなこと、わしは知らんわ。……我らは当藩に寄せられたご指示に従うまでのことじゃ。何の罪で召し捕られるのかは、その方が胸に手を当てて考えてみたらよかろう」

「それは、また、責任のないことですねえ。丸亀藩というのは、理由も分からずに人を召し捕るのですかな」

与助は平然と言い放った。

「何を申す、無礼者。……これ、者ども、男を引っ立ていっ。すぐに入牢申しつけよ」

武士は苦り切った表情になって、若い武士たちに命じた。

与助は勤番所の石牢に引き入れられた。

狭い牢獄であった。堅牢そうな石造りの牢内には荒筵《あらむしろ》が一枚敷かれただけで、その片隅に薄い布団が置かれていた。

牢の高い所に小さな木格子の明かり取り窓があり、そこからは夕焼けの空が、まるで煙突の穴を見るように覗けるのであった。

与助は筵の上に正座し、目をつむった。

明春に予定される酒田湊から江戸への西回り回漕が迫っていた。じりじりと気持ちは焦ったけれども、牢に閉じ込められた身であっては至し方なかった。この秋から来年の冬、春と、自分にかわって多くの人々が準備を進めてくれるに違いないと思った。

時はそこまで煮詰まっていた。ひとたび走り出した大計画が、自分のために頓挫《とんざ》することなど考えられなかった。

そう思い返して、与助は筵にゆっくり横たわった。

「あんた、土地の人ではないようだねえ」

唐突として、声を掛けられた。

無人の牢だと思っていたのに、先輩の囚人が一人いたのには驚いた。

その囚人は、片隅の布団からゆっくりと身を起こすと、与助の前ににじり寄った。その男は頭から布団を引き被《かぶ》っていたのであった。

「ああ、驚かせて済まねえ。……あっしは江戸から流れてきた長蔵《ちょうぞう》という船乗りですがね。……あんたは、どこの者だね」

まだ三十歳には届かない若い男であった。陽に焼けて精悍な顔付きだが、体が極限と言えるほど痩せ細って、眼だけが異様に大きかった。

「ああ、これはこれは。誰もいないものと思い込んでいました。とんだ失礼をいたしましたな。……私は羽州商人で、加賀屋与助と申します」

与助はすぐに答えた。

「羽州？……それはまた、遠い所からおいでですね。いってえ、どうしたんですかい」

長蔵と名乗った若い男は、不思議なものを見るように、与助をまっすぐみつめていた。

「いや、私にも分からないのですよ。この土地に船を見に来て、勤番所に挨拶に来たら、いきなり捕まえられました。何が何だかまるで分かりません」

「へえー、それは災難だね。……おめえさん、身なりもしっかりしてなさるし、悪いことをするようにも見えねえしねえ。……いや、さむれえってのは、どうも、あっしらには窺《うかが》い知れねえ所があるからなあ。……」

長蔵は、与助の全身を見回すようにしながら言った。

「あっしなぞもね、十日前に牢に入れられたきり、お取り調べも何もありやしねえ。……まあ、あっしの場合はね、乗ってた三百石船が嵐に遭って漂流して、一カ月ぶりに帰って来たもんで、まあ、牢に入れられても仕方がないんだけどね」

「あなたの船は漂流したのですか」

与助は驚いて、若い男の顔を見た。

「おお、一カ月の間ってえもの、どことも知れねえ海の上よ。風と波に翻弄《ほんろう》されながらねえ」

「ああ、それは大変なことでしたねえ。して、介抱もされずにすぐ牢ですか」

与助は、痩せ衰えた長蔵の体に手を添えた。肩も胸もほとんど骨が剥《む》き出しであった。

「いや、一応の介抱は受けましたがねえ。……商人のあんたは知るめえが、漂流者の詮議《せんぎ》はひどく厳しいのですよ。あっしが異国に流れついて、異教徒になっているわけでもあるめえし、ねえ、丸亀藩の気が知れねえってものよ。……だけど、船頭衆に聞いた話では、漂流して帰った者は、持ち物すべて没収され、裸にされて肛門《こうもん》まで探られるって、いいますぜ。あっしは、そこまでされませんでしたがね」

長蔵は人なつこい態度でまくし立てた。今までこの石牢に一人で押し込められ、人恋しかったようだ。

与助には長蔵の体験に興味があった。

遠洋航海をすることのない当時の和船でも、時には嵐に遭って漂流するという事実が、大海運にとって一つの課題だと思った。八百里の海路は陸地に沿うように千石船を操るものと言っても、いつどこで嵐に遭い、潮流で流されるかも測り知れなかった。

ルソン、高山国《こうざん》（高砂《たかさご》）の東方を北上して日本列島に沿い、三陸沖にまで至る黒潮は濃い藍色をして、所によっては時速二里半にも達するほど速いという。嵐でこの黒潮に乗せられてしまったら、ほとんど日本への帰船は望めないとされている。日本海側といえども、強い東風に煽《あお》られ、朝鮮近くまで流されたという船の話を、与助も聞いたことがあった。

「あなたは江戸のお方と伺いましたが、船は江戸から出たのですか」

長蔵の冗舌を良いことに、与助はこの男の漂流談に耳を傾けることにした。

「いや、江戸から流れ流れて四国、九州で水主《かこ》をしていたのですがね。……船は豊後《ぶんご》の臼《うす》杵《き》から塩硝《えんしょう》と薪炭、米を積んで伊豆《いず》の下田《しもだ》に向けて出ました。十三端帆の三百石船でがした。最初は至極順調な西風で船は滑るように走っておりやした。ところが、紀伊《きい》沖にかかったところ急に強い北西の風に変わりましてね、どんどん沖に流されて行きやした。そのうち稲光が海の上を走り、雷鳴がとどろき始めると、もういけませんや。船は波に翻弄されるままで、船内にはどんどん海水が入ってきやす。あっしたちはてんでんに柱に繋いだ縄を体に巻きつけて、帆を降ろすやら海水を汲《く》み出すやら、てんてこ舞いでやした。……海があんなに恐ろしいと思ったことはありやせん。とにかく神に祈るしかなかったですわ」

「ああ、それは大変な体験をなさいましたねえ」

与助は、遭難の模様を語りながら当時を思い出しては恐怖で顔を引き攣《つ》らせる長蔵に、あたたかい眼を向けた。

「そんな時人間は、神に祈るしかありませんからねえ。人間は自然の前には全く無力です」

ふと口を噤《つぐ》んでしまった長蔵に、与助は同情を込めて言った。

「そうなんですわ。人間てえのは、あんな場になると、虫ケラのような物でやす。……つくづく、あっしもそう思いました」

「そのあと、船はどうなったのですか。……思い出すのがお嫌でしたら、よろしいのですが……」

「いやいや、お話ししましょう。こんな牢の中でお会いするのも何かの縁でしょうから。……嵐はとにかく止みそうにありやせん。一昼夜ほどどこことも知れない海上をさまよった揚句、楫《かい》をつっこむ外艫《そとども》が破れて流れ去ってしまいやしたし、右舷《うげん》近くの水槽まで流してしまいやした。もういけません。自力で船を漕ぐことも出来ず、波に漂ってるしかありやせん。……あっしたちは、すっかり覚悟を決めやした。あっしなど独り身で、誰も泣く者などいやせんけれど、女房子のある船頭さんや水主《かこ》たちは、本当に可愛そうでやした。こちらまで貰い泣きしてしまいやしたよ。……何度か陽がのぼり沈みやした。その間、何度か天候も変わり、凪《なぎ》の日もあれば嵐の日もありやした。だけど、船の上からは海しか見えず島の影はおろか、通る船さえありやせんでした。……あっしたちは、残った生米を齧《かじ》りながら、ようやく生き延びてきたのです。……あっしらの漂流していたのは大島《おおしま》に近い所らしうございやしたが、幸い、餓死寸前で大島から下る塩飽船に発見されやしてねえ、こうして、生きて帰ってきたという寸法でやす。……」

まだ語り足りないように、長蔵は語尾を濁した。辛苦の思いを語るには、言葉が足らず、もどかしそうな様子であった。

「そうでしたか。……本当に、言葉につくせないご苦労でしたねえ。……それでも、まずは生きて帰還されたのは何よりでございました。長蔵さんはまだお若いですから、その貴重な体験を生かして、良い船乗衆になられましょう」

与助は、言葉の虚しさを感じながらも、努めて明るく言った。

海の上で嵐に翻弄され続け、生死の淵《ふち》をさまよってきた男にどんな慰めの言葉をかけようとしても、それは空疎にならざるを得ない。その恐怖は実際に体験した者でなければ分かるはずもなかった。

長蔵は、与助に語り終わると、急に口を噤み、片隅の布団を頭から被ってしまった。

布団がかすかに揺れ動いていた。長蔵は、漂流の恐怖をふたたび思い起こして、体を震わせているのであった。

翌日、江戸生まれの水主、長蔵は牢から出た。取り調べのため丸亀の城下に送られるとのことであった。

だが、与助の方は、何の取り調べもないままに、日が過ぎて行った。一度、勤番所で執務する町年寄らしき老人が顔を見せたので、取り調べを急いでくれるよう頼んだのだが、

「さあ、わしたちには分からんのう。おぬしを捕縛したのはお城の侍たちじゃけんね、わしらはとんと分からんのじゃ」

という曖昧《あいまい》な言葉が返ってくるだけであった。

結局、与助が塩飽勤番所の牢を出たのは二十日ほど経ってからであった。その間、取り

調べは一度もなく、たんに石牢に閉じ込められていたに過ぎなかった。与助の災難を知った河村瑞賢手代の雲津六郎兵衛が八方手を尽くしたすえ、ようやく許されたのである。

これについて、丸亀藩の公式な態度は、羽州商人加賀屋与助については一切関知しない——というもので、最後まで誰が与助の入牢を指示したのか判然としなかった。

与助と六郎兵衛には、それが大海路に今なお反対を唱える幕閣の秘《ひそ》かな指示で、丸亀藩のしかるべき重役が動いた結果であることは、うすうす分かっていた。

しかし、すでに時は迫っていた。讃岐国で時を過ごしているわけには行かなかった。

加賀屋与助はいそいで帰路についた。

船出

幕府が、西回り海路にあたる日本海沿岸、瀬戸内と紀伊《きい》、遠江《とおとうみ》など関係諸藩に「御城米船破損ノ節、湊《みなと》取扱方ノ儀」という通達を出したのは、寛文十一年も押し迫った十二月二十一日であった。

通達では、各藩が御城米船の保護に全力を尽くし、船破損の折は藩を挙げてその対応に当たること。船積みの御城米は一俵たりとも紛失することのないよう警戒を怠らないこと――などを義務づけていた。

一方、雇船をする讃岐《さぬき》塩飽《しわく》諸島、備前《びぜん》日比《ひび》浦《のうら》の船主には、明春二月晦日《みそか》までに各船がその泊所を出帆して長州下関《しものせき》に集結し、立務所の担当役人に届け出たうえ、出羽《でわ》酒田湊に向かうよう指示が下された。

その航海に当たっては安全を第一とし、天候、潮流をよく見極めて、多少とも危険を伴う時は、立務所を設けた沿岸の十四箇所の避難港にいち早く寄港することまで細部の注意がなされていた。これは、加賀屋与助が雲津六郎兵衛を通して河村瑞賢《ずいけん》に進言し、とくに付記した事項であった。

酒田湊では、最上《もがみ》川河口沿いの平地に、荘内藩の手で御料米置場が建設されていた。最上郡、田川郡の天領より運ばれた御城米を貯蔵する新たな米置場である。

この御料米置場は、川に臨んだ八十間四方の葦原《あしはら》をならし、この地に萱《かや》ぶきで奥行十五間の米蔵二棟、幕府役人の詰所二棟、番屋二棟を建てるというものであった。そして、東西八十二間、南北五十二間の周囲には土居、空濠《からぼり》、木柵《もくさく》をめぐらせた。

湊に面しては尾花沢《おばなざわ》、漆山《うるしやま》、長瀞《ながとろ》、柴橋《しばはし》、大山《おおやま》と最上川沿い各ご料地の五つの門があり、水際まで五十間の距離がある。奥羽各藩や酒田町組の私蔵と区別するための米蔵としては規模も大きく、物々しいものであった。

この工事のために酒田湊と郷村から駆り出された人足は延べ三万三百九十八人に及び、一日に千三百人ずつ使役したと伝えられる。

荘内藩からは普請奉行、町奉行以下、下役人として足軽百五十人が酒田町組の長人《おとな》とともに、指揮、監督に当たっていた。

明けて寛文十二年正月七日には、河村瑞賢手代の雲津六郎兵衛も訪れ、加賀屋宅に逗留《とうりゅう》しながら指揮に加わった。まさに官民を挙げての工事であった。この年は二月に入っても晴天が多く、工事は順調に進んだ。

そんなある日の昼下がり、出来上がったばかりの番屋で、酒田町奉行の中台式右衛門《なかだいしきえもん》を中にして加賀屋与助と雲津六郎兵衛が休息していた。

右手には完成間近の米蔵が見え、左手は日和見《ひよりみ》の高台になっていた。今日も季節風は吹かず、遠く月山《がっさん》の雪景色が見通せるほどの澄んだ青空である。

「もう数日でござるな、加賀屋どの」

白湯《さゆ》の茶椀を床に置きながら、式右衛門がはずんだ声を出した。

「はい。おかげさまで、荘内藩あげてのご尽力で、ようやくここまで漕ぎつけました。ご奉行さまにも何とお礼を申し上げて良いか、分かりません」

与助は、そんな式右衛門に丁寧に答えた。

町組と藩との対立で、幾度となく煮え湯を飲まされた酒田町奉行であったが、今は何の蟠《わだかま》りもなかった。

「いや、いや。これはご公儀の要請により進めているもの。それがしなど、実際の作業となると、とんと役に立ち申さぬ。……まあ、しかし、これで一日も早く海運が大きく開け、藩も町衆も富み栄えることになれば萬々歳じゃ」

「皆さま、本当にお働きになりました。この御料米置場が出来上がれば、まず一段落でございます。あとはここに御城米を移し、讃岐、備前からの大船を待つばかりでございます」

六郎兵衛も明るい声で言った。

「御料米の回漕《かいそう》もさることながら、加賀屋どの、荘内藩米の交易も、これからお願いせねばなるまいのう」

「はい。千石船で運ぶ物は、もちろん御料米に限ったものではありません。ご公儀直《じか》回漕の御城米以外に、奥羽各藩の産物や私ども商人の交易品までも、この大海路に乗せるのでなければ、意味を失います。……すでに東回り船で産物を回漕しておりました米沢藩などからも、酒田湊に、江戸回漕の要請がありましてございます」

与助は、ややもすると気持ちが高揚してくるのを感じながら、つとめて平静に言った。

「ほう、米沢藩も西回り回漕に切り換えますか」

と、六郎兵衛がつぶやく。

「確かに米沢の場合は、最上川の上流にあるのだから、酒田湊に下した方が早いに違いない。何しろ酒田湊から一気に瀬戸内を経て大船で大坂《おおさか》、江戸に至るというは豪儀な話よ。藩の手数もかからぬであろうからのう」

「はい。それに、弁財船の船底に積んだ米はちょうど低温蔵に積み荷したと同様で、何カ月を経ても、風味に変わりがないものと考えます」

「ほう、風味が落ちないと申すのか」

式右衛門は驚いた様子であった。

「はい。私どもの考えでは、それに間違いがないと思っております」

与助は式右衛門をまっすぐ見つめて答えた。

「これまでは、江戸に運ぶのには一年近くを費やして、しかも各段に風味を損じたものよ。米の腰が弱くなって、とても食えたものではなかった。……これは、江戸屋敷の面々が喜ぶのう。古里のうまい米が食えるとなれば、江戸詰めも満更悪いものではない」

式右衛門はそう言ったあと、さかんに頭を掻《か》きながら、

「いやいや、これは冗談じゃがの。……」

と言葉を濁し、話題を変えるように、まじめくさった表情になった。

「加賀屋どの。……して、弁財船はどれほどの日数で江戸に着くのかの」

「そうですねえ。……まず三カ月《みつき》あれば間違いなく到着しましょう。いや、二カ月で着くかもしれません。……あとは風と潮次第だと思っております」

「ほう、それは驚いたことだ。二カ月で江戸に到着いたすか」

式右衛門は大袈裟《おおげさ》に驚いてみせた。

そのとき――

唐突として米蔵に火の手があがり、人々の叫び声が入り乱れた。

完成間近かの二棟の米蔵に火がつけられたようである。火はまたたく間に燃え上がり、人々の怒声も高まった。

「火付けだ！」

「それ、あちらも燃えあがった！」

「あの浪人どもを逃がすな！」

さまざまな怒声が入り混じり、米蔵周辺は大混乱におち入っていた。

「これは一大事。御料米蔵に誰かが火を放ったようですねえ」

と六郎兵衛がきっとなって言うと、

「そんな筈《はず》はない。警備は足軽百五十人を配して、万全を期していたはずじゃ」

と式右衛門は慌てた様子で火の手を見守った。

「伏嗅組《ふしかぎぐみ》かもしれません。……しばらく姿を見せませんから」

与助の言葉に、式右衛門は顔を朱に染め、

「とにかく行ってみる。警固の網を破って火付けするなど断じて許せん。なん人たりとも逃がしはいたさぬ」

と叫びながら、走り去った。

やがて、米蔵近くからは、何人かが剣を交える音がした。

このとき、町組火消組頭の権次《ごんじ》が、纏《まとい》姿で番屋に駆けつけ、与助の前に膝をついた。

「旦那さま。上杉浪人、伏嗅組が御料米蔵に火を放ちましてございます。我らは何度も米置場周辺を見回っておりましたが、火の気はいっさいございませんでした。……」

すでに二棟の米蔵は焼け落ち、細い煙があがっていた。

「火の回りが早かったようだ。これは計画的に多人数で仕組んだ火付けでしょう。権次、浪人たちに気をつけなさい」

「はい。……それにしても口惜しうございます。あとわずかで完成でしたのに」

「うむ。……鉄砲組はどうした。那美はどうしているのですか」

「はい。荘内藩の警固がありますし、旦那さまのお言葉でもありますので、那美と鉄砲組は町に残しております」

伏嗅組の浪人一人を鉄砲で撃って以来、与助は鉄砲組の行動を自粛させていた。また方々に連れ歩いてその気持ちを察した与助は、那美をなるべく遠ざけるようにしていたこともあった。

「……分かった。……やはり伏嗅組がまた出て来ましたね。……米沢藩もこの湊から荷を出そうという時に、あきれ果てた浪人どもです。まるで世の中が見えず、個人の利害だけで動いている。……だが、そんなうつけどものために、御料米置場の建設を遅らせるわけには行きません。幾度焼かれようが、すぐに新しい米蔵を建てるだけです。もう月日は迫っているのです。権次、行ってみなさんにそう伝えなさい。焼け跡の整理が済んだら、すぐにまた建設作業です。さあ、権次、いそぎなさい」

「はい。よく分かりました」

与助の毅然《きぜん》とした言葉に、権次は深く低頭して足早に立ち去った。

「こちらでは上杉浪人と称し、伏嗅組を名乗る面々が海運計画に邪魔立てしていると、主人瑞賢より聞いております。いずれも幕閣の一部の者に煽動《せんどう》されたものでしょうが、まさに笑止なことです」

六郎兵衛も怒りを顔に表しながら、言った。

「瑞賢どのは、何か事を成そうとすれば必ずや反対のあるのが世の常と申してございました。とくに莫大な利害の絡むものとなれば相手も目の色を変えて我らの前に立ち塞《ふさ》がろうというものです。しかし、これら反対勢力を根こそぎにするためにも、こんどの海運は是が非でも成功させねばなりません」

与助は六郎兵衛の顔をまっすぐ見つめて、力をこめて言った。

「そうです。断じて失敗は許されません。この春彼岸からの弁財船回漕は、ただ一度の機会と考えねばならないでしょう。成功すれば後世に続く大事業となりましょうし、失敗すれば二度と計画は難しくなりましょう」

六郎兵衛も力強く言って、与助におおきく頷《うなず》いてみせた。

米蔵の周りではまだ浪人たちと荘内藩士との鍔《つば》迫り合いが続いていた。時折、侍たちの気合いや絶叫が番屋の方にまで響き渡ってくる。

しかし、焼け落ちた米蔵では町組や人夫の手ですでに整理作業が黙々と続けられていた。侍たちの意味のない争いなど、町衆には無関係のことであった。加賀屋与助に命じられたように、町衆にはただ米蔵の完成があるだけであった。壊れても焼かれても、また一からやり直すだけである。

ふと、大柄な男が抜き身を引っ下げて、番屋前に現れた。伏嗅組組頭の大峡武兵衛であった。

「おお、加賀屋、ここにおったか。……今日こそ、うぬらこの町の者どもを成敗してくれるわ。……加賀屋、うぬらは幕府の犬に成り果て、我らの墳墓の地、奥羽を足蹴《あしげ》にする者ぞ。この地は古く藤原四代が黄金の溢《あふ》れる王国を築いた土地柄じゃ。上杉景勝公がその遺志を継いで、新しい王国を打ち立て、天下に号令する筈だったのじゃ。……その方ら奥羽を売り渡す悪徳商人は断じて許せぬ。……加賀屋、覚悟せい」

大峡武兵衛は居丈高に叫んだ。

与助は、武兵衛から視線を外さずに、ゆっくりと前へ出て、六郎兵衛をかばうようにした。

「またしても理不尽なことを。……大峡さま、して、米蔵にはあなたたちが火を放ったのですか」

与助は、武兵衛の右へ少しずつ回り込んだ。静止することは、切り込みの隙《すき》を与えることになるようであった。

「そうよ。今日は我ら伏嗅組が総勢でうぬらを叩《たた》き潰《つぶ》しにまいった。いつぞやは鉄砲で遅れをとったが、今日は鉄砲の備えのないことは調べ済みじゃ。さあ、加賀屋、行くぞ」

与助はなおもじりじりと右に歩を移した。

「私たちを潰して何になりますか。……もっと目を大きく開いて、物を見て下さい。時の流れに刃向かおうとしても、それは無駄なことです。……島国のわが国を取り巻く諸外国はどんどん先に進んでおります。今は鎖国令で諸外国との交易は禁じられておりますが、国の内の大海運は時代が求めるものなのです。……しかもこれはご公儀と町衆が一緒になって進めているものなのですよ」

目は武兵衛に注ぎながら、与助は、全神経を抜き身の切っ先に向けていた。

「だまれ。こざかしい事をくどくどと。うぬら悪徳商人に聞く耳持たぬわ。……それにご公儀が海運計画を進めているとは笑止なことよ。ご公儀の一部が先走って事を起こしたに過ぎぬではないか」

武兵衛はふと揶揄《やゆ》するような目をした。

「一つ伺いたい。あなたたちは、幕府要人のどなたかからの支援を受けておいでではありませんかの」

与助の肩先から、六郎兵衛が顔を上げて質《ただ》した。

「うぬらに、何も明かすことなどあるまいが、まあ、冥土《めいど》の土産に教えてつかわそう。……我ら伏嗅組には、幕閣のさる大物が付いておる。我らはあくまでも、上杉景勝公のご遺志を受けて、ご公儀に対するものではあるが、事によっては、考えを同じうする者と相図って行動を起こすこともある。このたびは、そのお方と我らの考えが一致したまでじゃ。……事が終われば、我らには仕官の道も用意されておる。……さあ、ここまでじゃ。よいか、加賀屋、覚悟せい！」

大峡武兵衛は言い終わるとすぐに、抜き身をゆっくり持ち上げ、上段につけた。

侮りがたい剣技だと、与助は思った。上段につけた太刀を力まかせに振り下ろす戦法とみたが、これはよほど膂力《ひりょく》に自信があると見なければならなかった。

与助は武兵衛の目を凝視しながら、ゆっくり脇差《わきざし》を抜いた。苗字《みょうじ》帯刀を許されてはいたが、与助の帯びている脇差は一尺五寸の小刀に過ぎなかった。

寛永の頃に二尺八寸以上の長刀は禁じられたが、武兵衛の太刀はそれを優に超えるものであった。二尺八寸の太刀に一尺五寸の脇差が勝つためには武兵衛の体近くに飛び込むしかなかった。

与助は刀身を下段右横につけ、武兵衛の顔を凝視したまま、ぴたりと静止した。

武兵衛は与助の構えを見て、一瞬驚いた様子を見せたが、相変わらず上段の構えを崩さなかった。

与助はやがて目をつむった。目をつむると、余計な雑念は消え、武兵衛の動きが目で見るよりも明確に分かった。その呼吸のちょっとした乱れまでが、与助には手に取るように伝わってきた。

周囲が死んだような静寂となった。

与助の背に隠れた六郎兵衛が摺足《すりあし》で後退し、木陰に身をひそめたのが分かった。六郎兵衛は与助の足手纏いになるのを恐れたのであろう。

「ええい!」

静寂を裂くように、武兵衛が掛け声を発した。

だが、武兵衛は打ち込みがならず、じりじりと焦り始めるのが、与助には良く見えた。目を閉じていればこそ見えるのであった。

長い時間であった。

海に注ぐ新井田《にいだ》川に群れる水鳥の鳴き声が遠く近く聞こえていた。

与助は澄み切った気持ちになっていた。この瞬間、与助にとって勝敗はなく、ただ自然の真っ只中に無心で佇立《ちょりつ》しているだけであった。あとは、本能のままに体を動かせば良かった。

与助はふと、商人を嫌って江戸に住み、剣術三昧《ざんまい》の日々を過ごした若い頃を思うでもなく思い起こしていた。師の針谷夕雲から「世に背を向けた虚《うつ》ろな心と、空《くう》の心は似て非なるものぞ。修行せい」と幾度も叱咤《しった》された言葉を、今噛《か》みしめていた。

だが、そんな思いも一瞬で通り過ぎた。あとには、しんと静まり返った気持ちだけが体を充《み》たし、与助自身が自然に返ったようであった。

「ええい!」

また、武兵衛が鋭い気合いを入れた。

と同時に、がむしゃらに突進を始め、与助の脳天目がけて上段の太刀を振り下ろした。

凄《すさ》まじい刃音であった。

一瞬、二尺八寸の大刀の中に与助の体がすっぽりと包み込まれたように見えたが、次の瞬間、与助は武兵衛の体を擦り抜けていた。

そして脇差が武兵衛の胴を完全に薙《な》いでいた。

「ぎゃーっ！」

野獣の咆哮《ほうこう》に似た声を上げて、武兵衛は崩れ落ちた。

倒れ込んでからはぴくりともしなかった。

与助は刀身を懐紙でゆっくりと拭《ぬぐ》うと、鞘《さや》に納めた。

そして、武兵衛の遺体に近づいて、静かに手を合わせた。

「これはこれは加賀屋どの、聞きしに優るお腕前。敬服いたしました」

雲津六郎兵衛がすぐに走り寄り、感に堪えない様子で言葉をかけた。

「商人だてらに、お恥ずかしいことでございます」

六郎兵衛も、武兵衛の遺体に合掌していた。

「伏嗅組もあらかた荘内藩の警固の方々に始末されたことでしょう。……しかし、思えば馬鹿な男ですねえ。この大峡武兵衛というご仁も。……あたら一生を、こんな事で終わってしまうとは」

六郎兵衛は武兵衛の遺体をまだ見やりながら、つぶやくように言った。

「結局は仕官の二文字に躍らされたのでしょうね。あわれなことです。……これから先、浪人はどんどん増えるでしょうし、こんな悲劇もふえるかもしれませんね」

与助も悲しげに言った。

「武士の要らない時代になったのですから、浪人したら、商人でも職人にでもなったらいい。それが出来ないのですねえ」

六郎兵衛が再びつぶやく。

「自分たちで作った身分制度に雁字《がんじ》搦《がら》めになって、身動きが出来ないのですねえ。おろかなことです」

与助は断定するように言った。

そのとき、町奉行の中台式右衛門が米蔵の方から駆けつけてきた。

「ああ、加賀屋どのも、雲津どのも大事なかったようでござるの。……こちらに伏嗅組の一部が回ったようであったが……」

式右衛門はそう言いながら大峡武兵衛の遺体に気付き、大仰に驚いた様子を見せた。

「これは、……組頭の大峡武兵衛ではござらぬか！」

「はい。加賀屋どのが、たったひと太刀で仕止めました」

六郎兵衛がすぐに答えた。

「おお、それはそれは。お手柄でござった。……して、加賀屋どの、お怪我《けが》などござらぬか」

「はい。大事ございません」

与助は恥じ入るように低く答えた。

「それは良かった、良かった。何しろ狂人のような輩《やから》じゃからのう。狂人のようなこの男をひと太刀で仕止めなさったとは。加賀屋どの、それはたいした事でござるぞ、加賀屋どの……」

「この面々は上杉浪人と聞きましたが、一体どんな人たちなのですか、伏嗅組というのは」

高声でその手柄を言い立てる式右衛門に辟易《へきえき》する与助の様子を見て、六郎兵衛が話題を変えるように、すぐに式右衛門に問い掛けた。

「うむ、それよ。時代錯誤としか言いようがござらぬが、慶長の昔のことでござった。もともと上杉景勝公は徳川家に臣従せず、天下取りの野望を捨てなかったのだが、大坂冬の陣の折、十人の組を仕立てて間諜《かんちょう》の役につかせたのが伏嗅組という一隊だったんじゃ。夜盗組などとも呼ばれてのう、後には犯罪の捜査、犯人の検挙にも当たったということでござる。……親兄弟が多少ともその伏嗅組と関係のあった者どもが勝手に今頃伏嗅組の名を持ち出し、化けて出たのであろうが、とにかく景勝公の遺志と称して、事ごとに世を拗《す》ねてきた面々でござるよ」

式右衛門は得々として、六郎兵衛に語り聞かせていた。

「それにしても、この御料米置場襲撃には五十人近い浪士たちが加わっていたようですね」

「あちこちから食いつめの浪人を集めたものでござろう。……米蔵は残念ながら焼失してしまったけれども、浪人たちは我ら荘内藩の手勢が討ち果たし申した。これ以後、無益な邪魔立ては一切なくなりましょう」

「はい。とにかくひと安心というものです。あとは、米蔵を一日も早く再建することですね」

六郎兵衛が焼け落ちた米蔵を眺めやりながら言った。

その米蔵の方から酒田湊警備組、火消組に属する人々が多勢かけつけてきて、与助の周囲を取り囲んだ。

「旦那さま、お怪我はございませんか。……伏嗅組の頭領と戦われたと聞きました」

と、火消組の権次が進み出て、膝を屈して言った。

そして他の町衆も口々に「旦那さま」と口走りながら、跪《ひざまず》いた。

「ああ、心配要りませんよ。さあ、みなさんも所定の場所に帰って下さい。御米蔵を建て直さなければなりません。……さあ、皆さん、春彼岸まで、あと幾日もありませんよ。大急ぎで、大急ぎで、御米蔵を再建しましょう」

加賀屋与助の声が凛然《りんぜん》と響き、町衆たちはすぐに散って行った。


付け火に遭った御料米置場は程なく完成した。

最上川筋の御料地より運ばれた米俵は、それまでに川沿いの町組の米蔵に一時収蔵されていたが、やがて出来上がったばかりの御料米置場にぞくぞく運び込まれた。

瑞賢河村十右衛門が公儀御役人の格式で嫡子伝十郎《でんじゆうろう》と五十六人の供を連れて、酒田湊に入ったのは、この年寛文十二年四月八日のことであった。

加賀屋二木与助は同じ町年寄の鐙屋《あぶみや》惣左衛門、上林七郎左衛門と連れ立って、藩領境の狩川に出向き、瑞賢一行を出迎えた。

荘内藩からも、酒田町奉行中台式右衛門、御普請奉行三浦七右衛門《みうらしちえもん》、御徒目付仙場彦右衛門《せんばひこえもん》らが、いずれも上下姿で威儀を正し出迎えたのであった。

河村瑞賢の方は、公儀を代表する格式だけに漆黒の羽織、袴《はかま》を着し、見事な大小を帯した姿はまさに威風堂々たるものであった。

ふだんの、あの飄々《ひょうひょう》とした老人ぶりを思うにつけ、加賀屋与助は微笑を禁じ得なかったが、河村瑞賢は立派でなければならなかった。その威風が、今度の海運を成功させる鍵《かぎ》ともなるものであった。瑞賢の威風はそのまま幕府の覚悟であり、決意でもあったのである。

春の遅いこの北国にも、やわらかい陽差しがさし込み、この地で「ばんけ」と呼ばれる蕗《ふき》の薹《とう》や土筆《つくし》がいっせいに頭をもたげていた。

酒田湊を取り囲むようにして聳《そび》える鳥海山《ちょうかい》や月山の残雪も日一日と消えていた。

四月も中旬を過ぎたころ、讃岐の塩飽島、備前の日比野《ひびの》、摂津《せっつ》の河辺《かわべ》などから、弁財船がぞくぞく酒田湊に集結した。

そのころの酒田湊には六百五十六艘の船があったが、うち海船は三艘に過ぎず、八百石積みが最大のものであった。それに対し、西国からぞくぞく到着した弁財船はおおむね二千五百俵から五千俵を一時に積む大船で、湊の中は一時に花開いたようなにぎにぎしさであった。

酒田町衆だけではなく、近郷近在から見物に訪れる人々も日一日と数を増し、湊周辺は時ならぬお祭りさわぎであった。

五月二日――。

讃岐の塩飽島から回漕した「牛島丸」を第一船として、いよいよ西回り大海路の船出が始まろうとしていた。

塩飽牛島の丸尾五左衛門の建造になる、あの胴太の大船である。

寛文十二年のこの春、最上川流域の御料米三千九百四十七石一斗四升七合が江戸に向け回漕されることになっていた。百石でほぼ二百五十俵だから、天領の御料米としては約一万俵が酒田湊から積み出されることになる。


この日夕刻――

酒田湊は息をのむような夕景色であった。

水平線に近づくほど夕陽は光を増し、地上のあらゆるものを朱《あけ》に染め上げた。

湊の対岸の「向こう酒田」の岸近くには「牛島丸」と備前の弁財船「日比野丸」が早くも日の丸の帆を高々と揚げ、出帆を待っていた。

湊周辺は日和見の高台から御料米置場、そして神明神社の松林にまで人々が埋めつくし、それぞれが興奮しきったような歓声を上げていた。

夕映えはさらに荘厳に輝き渡り、船も人も金色に染まった。

ふと切ない思いになり頭を垂れて合掌したくなるような、神々しい夕景色であった。日和見の高台には、正装の河村瑞賢を囲むようにして加賀屋与助、鐙屋惣左衛門、上林七郎左衛門、それに瑞賢手代の雲津六郎兵衛らが陣取り、船出をまつ弁財船を見下ろしていた。

そのとき、乱れた足音がして、権次と那美が駆けつけて来た。

二人は高台に昇り切ると、与助の前に平伏した。

「旦那さま、東風《だし》に変わりました。牛島丸と日比野丸が船出の用意を終わりましてございます」

那美が顔を紅潮させながら、叫ぶように言った。

夕映えに染まっただけではなかった。

「おお」

力強く応えて、与助は右手を挙げて風にかざした。そして、しばらくの間、風向きを測っていた。

「おお、間違いない。確かに風は東風に変わりました。……いよいよ出帆ですね。権次も那美もご苦労でした」

与助もいつになく大声で言った。

与助の顔も真赤であった。

いや、瑞賢も六郎兵衛も、そして町年寄たちも、誰も彼も深酒に酔いしれたように、朱を注いだ顔になっていた。

夕陽が水平線に近づいていた。

と見る間に、半分が海に沈み込み、一瞬凝縮したような強い光線が天空に走った。遠くの雲がその光線に燃えつきて千切《ちぎ》れたように真紅に染まっていた。ほとんど火を噴いているような光景であった。

遠い月山も燃えていた。残り少なになった残雪が陽の光を反射してその光が海に真すぐ落ちていた。

下方の御料米置場近くでは、群れ集まった町衆たちが、口々に、

「東風だ！」

「東風にかわった！」

と叫びながら、歓声を上げていた。

酒田湊から八百里の海を越えて、いま江戸へ新しい海路がきり拓《ひら》かれようとしている。与助の心には、いやが上にも高揚する気持ちの高ぶりとともに、この船がつつがなく終わるようにと祈る、藁にもすがりたい気持ちが同居していた。

今日の船出は出発にすぎない。これからぞくぞくと大坂、江戸を目指す弁財船のどれに

災難があっても、それは大海路の支障になるかもしれないのである。

一度の海難もなく、一粒の米の損失もなく、航海は完全なものでなければならなかった。そうでなければ、大海路として定着し、新しい商業時代を築くことは出来ないと、与助は思っていた。

与助は、そんな自分の頑《かたく》なな思いを振り切るようにして、権次と那美に声を掛けた。

「権次も那美も、もっとこちらに寄って、弁財船の初船出をよく見るがいい。酒田湊が新しく生まれ変わる時を、しっかりと瞼に焼きつけておくがいい」

「はい」

素直に返事を返して、権次と那美は前へ進み出た。

「二艘の弁財船は、みごと日本海の荒波を乗り切ってくれるでしょうかなあ」

ふと、鐙屋惣左衛門が振り返って言った。

「そりゃ、讃岐の塩飽や備前の日比野は名うての船どころ。私も加賀屋さんもこの目で見てきたのですから、心配はありませんよ。見て下さい。あの牛島丸の胴太の不格好さを。見れば見るほど頼もしくなりますよ」

六郎兵衛がほほえみながら、答えた。

「加賀屋さん、ただ船出が夕刻にずれ込んだのが心配といえば心配ですなあ。……私はどうも年取って少し心配性になっているのかもしれませんが」

「鐙屋さんが言われるように弁財船の出船は朝のうちにしたかったのですが、第一、二船は積み荷が遅れて夕刻になってしまいましたね。まあ、止むを得ないでしょう」

与助は言葉少なに答えた。

「こんな気候のよい時です。滅多な心配はありませんよ」

と六郎兵衛も明るく言う。

「それにしても、見たこともないような美しい夕景色ですねえ。日本海の湊がこんなに美しいものとは知りませんでした」

さらに六郎兵衛は溜息《ためいき》まじりに付け加えた。

「そうです、そうです。私は交易の船で酒田湊に入るたびに思うのですよ。陸地に近づくと、白い砂丘が見渡す限り続き、そのはるか上に、雪を頂いた鳥海山や月山がぽっかり顔を出している。時にはその鳥海の影が日本海にくっきりと映し出されている時もございます。……そんなとき、この湊の美しさに、あらためて見惚《ほ》れてしまいますなあ。……自分の生まれ育った町が、こんなにも美しかったのかと、思わず見直してしまいますよ」

惣左衛門は饒舌《じょうぜつ》になっていた。

「そうでしょうなあ。わたしも、この町に居残りたくなりましたよ」

とすぐに言って、六郎兵衛が口の中で笑った。

「これこれ、六郎兵衛。滅多な口約束はすまいぞ」

と、正装の瑞賢が口を出す。

「ああ、旦那がそこにおられましたなあ。これはしたり」

と六郎兵衛が剽軽《ひょうきん》に受けて、一同大笑いになった。

六郎兵衛たちが出帆間近とみて海寄りに進み出ると、入れ替わりに瑞賢と与助が後方に肩を並べる格好になった。

「加賀屋どの。どうやらこれで、おぬしとわしの役目も終わったようじゃ。あとは流れにまかせるだけじゃのう」

瑞賢が感慨をこめて、静かに言った。

「はい。ご公儀の保護のもとに、この大海路は自然に軌道に乗って参りましょう。……瑞賢どののこれまでのご努力、誠にご苦労さまにございました」

与助も、胸に迫るものを感じながら言った。

「いやいや、おぬしの苦労に較べれば、わしのしたことなど、取るに足りぬ。わしはただご公儀の権威に乗って、諸藩との繋《つな》ぎをつけてきただけに過ぎぬよ。……わしはもう老いぼれじゃ。先の短いわしは、この海運に、おぬしほどに大きな夢が見られなかった。……

じゃが、おぬしは違うぞ。おぬしらこれからの商人は、この海運に賭けて良い。まだまだ夢を見ていいのではないかのう」

瑞賢は、そこでいったん言葉を切った。

眺めやると、夕陽は完全にその姿を海に没し、西の空の一部だけが異様な明るさとなっていた。

わずかばかりの千切れ雲が、燃えつきる寸前の炎のように、赫《かっ》と光を発した。と同時に、ほとんどどす黒い血潮に似た色が西の空と海を染めた。

向こう酒田の岸に近い弁財船も、こちら岸の森も人々の顔も、すべてどす黒い一枚の絵となって静止したかのようであった。

ふと、音も消えたように、与助には思われた。

「……この先、どんな時代が来るかは分からぬが、商人の交易が国の基《いしずえ》になることは間違いなかろう。商人はもっともっと富めば良い。その富が、やがてはこの国をも変えて行くことになる」

瑞賢の言葉は、哲人の予言のような重みを感じさせた。

「はい」

与助は、そんな瑞賢に大きく頷いてみせた。

それからしばらく、与助と瑞賢は、残り火のような夕景色を眺めやっていたが、瑞賢が再び与助に顔を向け、今までとは打って変わった笑顔で話しかけた。

「ところで加賀屋どの。酒田湊を去るに当たって、一つ所望のものあるのじゃが」

「はい、何でございましょう」

与助は怪訝《けげん》な表情をつくった。

「この那美どのを、わしにくれぬかのう」

「ほう、那美ですか」

前方に陣取った那美にも、瑞賢の言葉が耳に入ったらしく、振り返って瑞賢と与助の顔を交互に見やっていた。

今日の那美は鉄砲を背向って、唐風《から》の服装をしたいつもの那美とは違って、商家の娘にふさわしい小ざっぱりした和装であった。始末し切れないほどに豊かな黒髪を無造作に島田髷《しまだまげ》に結いあげていた。

いつにもなく、その那美の視線を与助は眩しく思った。

「わしはのう、これからの余生で鉄砲を扱ってみようと思っているのじゃ。これからは世の中が平穏になって、戦《いくさ》などなくなるじゃろう。武器を手広く扱う商人もいなくなるじゃろうのう。……だから、わしが武器を扱うのじゃよ。わしは、生まれつき、天邪鬼《あまのじゃく》でのう。

ふふふ……」

瑞賢は口の中で笑い、言葉を継いだ。

「まあ、持って生まれた性格は致し方ない。誰も扱わぬ鉄砲を、わしは扱ってみたい。鉄砲は、戦国の世以来いろいろ進歩してまいった。じゃが、まだまだ諸外国に較べれば、赤児のようなものよ。……わしは、わが国の鉄砲の技術を向上させたいと考えておる。……このさきは、国内のいくさがなくなる代わりに、国と国との争いとなろう。そうなれば、これは大砲《おおづつ》の技術の争いとなろう。鉄砲技術をおろそかにしたら、国が滅びることになる」

また、そこでいったん言葉を切り、頬のあたりに微笑を作りながら、さらに言った。

「いやいや、まあそんな大風呂敷《ぶろしき》を拡げなくとも、わしは商人じゃから、死ぬまで儲《もう》けを考えてのことじゃがの」

こんどは、大きな声でからからと哄笑《こうしょう》した。

「なるほど、鉄砲ですか。おもしろいですねえ。……たしかにご公儀の威権が極まって、これからは平和な時代が続きましょうが、かと言って、武家が武器を捨てることはないでしょう。諸藩が秘《ひそ》かに軍備を備えることも、充分考えられます」

与助も、自分の考えを口にした。

「おぬしら商人が富めば、おぬしらの富は武家に流れる。その富で守りを固める」

「はい。ですが、私どもも、富をただで武家に渡すわけには行きません」

「そうじゃ、そうじゃ。ただで侍を富ますことはない。……となると、これからは武家を動かすのは、やはりおぬしら商人ということになるのう。商人はこわいものよ」

瑞賢がまた機嫌よく哄笑した。

「瑞賢どのも、その商人のお頭といっても良いお方」

と与助が言い募ると、

「いやいや、わしが時代の変革に立ち会うことは出来ぬ。それはおぬしらじゃよ」

と躱《かわ》し、

「ほんとに、これからは商人の世の中となるのう」

と、なかば独り言のように言った。

そして瑞賢はなにかを思い描くように遠く真紅に染まる海原へ視線を泳がせた。

やがて、再び瑞賢は与助の顔に視線を返した。

「それで、那美どのをわしに預けてくれますかのう」

再び、那美の催促であった。

「私に異存はありません。これ、那美、聞いての通りですが、瑞賢どのが、そなたを所望しておられる。わたしに異存はないので、あとはそなたの気持ちしだいです」

与助は、海側に立つ那美に呼びかけた。

振り返って与助を一瞬みつめた那美の視線に与助はただならぬものを感じたが、素知らぬふりをした。

「鉄砲が学べるのであれば、行ってみとうございます」

与助から視線を外し、やや伏し目がちになった那美が、やがて意を決したように、はっきりと言った。

「おお、そうか。やはりそなたは鉄砲から離れられないのかもしれないねえ。……それがまた、じいさまの遺志を継ぐことにもなるのかもしれない。……そうですか。江戸に行きますか。……江戸に行ったら、瑞賢どののもとで、みっちり鉄砲を学ぶことです」

「はい、そういたします」

那美は、秘かな心を押し隠すように、わざと弾んだ声を出した。

「瑞賢どの、お聞きの通りでございます。那美をよしなにお願い申します」

「ああ、来てくれるか。それはありがたや。この酒田湊から無理に連れてまいる那美どの、ずいぶんと大事にしましょうわい。……那美どの、そなたはこの湊を離れるのが辛《つら》かろうが、しばらくの辛抱じゃ。しばらくの辛抱じゃぞ。……わしがそなたの親代わりにも、祖父代わりにもなるでのう」

瑞賢は手放しで喜こんでいるようであった。

「はい。これからは河村さまを祖父とも思い、父とも思ってお仕えしたいと存じます。ふつつかな者でございますが、よろしくお願い申します」

那美は深々と頭を下げた。

悲しみに耐えようとする健気《けなげ》な少女の言葉に、与助は、つと顔をそむけた。そして、那美にとっても、自分にとってもこれがもっともよい方法なのだと、何度も自分の心に言い聞かせていた。

「おお、よい、よい。何も心配は要らないのじゃよ。……わしと一緒に、鉄砲を学ぼうぞ。江戸に帰ったら、さっそく西国に言ってみようのう。備前、筑後にはまだポルトガルの鉄砲商が居ついていると聞く。わしと一緒に、一から学んでみようぞ。……」

瑞賢の情味あふれる言葉に、那美は、そっと目を拭った。

このとき、与助はふいに、瑞賢が何もかも承知で那美を江戸に連れて行こうとしていることに気付いた。町組の少女に恋慕される若い町年寄の行く末を思い、なかば強引に少女を連れ出そうとしたに違いなかった。

与助は、年の隔たった瑞賢の熱い友情に手を合わせたい気持ちであった。

唐突に、空砲が三発、鳴り響いた。

いよいよ弁財船「牛島丸」「日比野丸」の出帆である。

夕焼けはほとんど水平線の上にわずかに残るだけで、夕闇が迫っていた。それでも、そのわずかばかりの夕映えが、この世の色とも思えぬ神秘さで、人々の胸を掻《か》き毟《むし》った。

「あっ、旦那さま、いよいよ牛島丸、日比野丸の出発のようでございます」

権次が頓狂な声を出した。

「おお、いよいよ出帆か」

与助は答え、向こう岸の大船を注視した。

弁財船二艘には、ご公儀御用を示す日の丸の旗が高々と揚げられていた。

二十六反帆には満々と東風を受け、船は滑るように動きだした。

酒田湊を埋めつくした人々が、この瞬間、いっせいに歓声を上げはじめ、耳を聾《ろう》する音となっていく。

瑞賢も与助も、荘内藩の武士たちも町衆たちも、総立ちとなって、狂おしく手を振った。

「ああ、弁財船が出て行く。酒田湊を、いま出て行く……」

与助は、思わずつぶやいていた。

そして、同時に熱いものがふつふつと胸に滾《たぎ》ってくるのを実感していた。

五月初めに出羽酒田湊を出帆した弁財船は、それから二ケ月後の七月に至り相次いで江戸に到着した。船舶の遭難や破損は全くなく、こうして八百里の西回り海路は成功した。西回り、東回り海路は、このあと蝦夷地《えぞち》をも含む大海路として定着し、ここに江戸中期以降の商業時代が花開くことになる。

治世は武士が担っても、実際に世を動かしていったのは商業であり商人であった。貨幣の価値は、武家の権力を上回るものとなった。

これこそ、まさに、加賀屋与助の夢見た大商業時代にほかならなかった。

（完）

[著者紹介]
伊藤浩一（いとう　こういち）

1933年、山形県酒田市生まれ。明治大学文学部日本文学科卒、山形新聞社入社。

同社村山支局長、販売部長、酒田支局長を経て常務取締役庄内総支社長。現在同社監査役（非常勤）。

「文芸酒田」主宰。

平成十年度国立劇場新作歌舞伎脚本公募に佳作入選。

2002年、泉鏡花記念金沢戯曲大賞で選考委員奨励賞。

夕映え酒田湊

2004年4月5日　初版発行

著　　者　伊藤　浩一
装　　幀　谷元　将泰
レイアウト
組　　版　村田　一裕
発 行 者　高橋　秀和
発 行 所　今日《こんにち》の話題社《わだいしゃ》
東京都品川区上大崎 2-13-35 ニューフジビル 2F
TEL 03-3442-9205　FAX 03-3444-9439
印　　刷　互恵印刷＋トミナガ
製　　本　難波製本
用　　紙　富士川洋紙店

ISBN4-87565-542-8 C0093